Konsalik

Die Liebesverschwörung

BASTEI-LÜBBE-TASCHENBUCH
Band 10394

1. Auflage 1984
2. Auflage 1985
3. Auflage 1987
4. Auflage 1988

Originalausgabe
© by Autor und AVA – Autoren- und Verlags-Agentur,
München-Breitbrunn
Herausgeber: Gustav Lübbe Verlag GmbH,
Bergisch Gladbach
Printed in Western Germany 1988
Redaktionelle Bearbeitung: Elvira Reitze
Einbandgestaltung: Manfred Peters
Titelbild: Gruner & Jahr
Satz: ICS Computersatz GmbH, Bergisch Gladbach
Herstellung: Ebner Ulm
ISBN 3-404-10394-7

Der Preis dieses Bandes versteht sich einschließlich
der gesetzlichen Mehrwertsteuer

1

»Du wirst immer hübscher, Carmencita. Wie machst du das nur?« Eberhardt Bercken lehnte lächelnd an der warmen Holzwand der Box. Die dunkle Stute neigte den Kopf, und der Mann streckte die Hand aus. Er fuhr ihr zart über die Mähne und strich dann, während sie versuchte, ihr weiches Maul in seine Hand zu schieben, mit dem Zeigefinger leicht über ihre Stirn.

Die Tiere atmeten und schnauften und mampften und stampften. Ein Gefühl der Wärme und Geborgenheit durchströmte Eberhardt, wie stets, wenn er im Stall bei den Pferden war.

Hier konnte er entspannt und ohne Argwohn sein. Es gab keine Hinterlist und keinen Verrat. Pferde, diese empfindsamen Tiere, vergalten Zuneigung und Pflege mit Treue und Gehorsam.

Als Fritz Meerkamp den Stall betrat, straffte Eberhardt sich. Er lehnte den Kopf in den Nacken und sagte forsch: »Na, meine Schöne, nachher wird gearbeitet, sonst setzt du noch Fett an.« Carmencita prustete leise. »Morgen, Meerkamp«, wandte er sich an den Verwalter. »In drei Monaten hat sie ihr erstes Turnier. Wir müssen sie tüchtig rannehmen.«

»Morgen, Herr v. Bercken. Tscha, da geht ja nu wohl kein Weg dran vorbei. Lassen Sie mich ruhig machen.«

»Sie wollen damit sagen, daß ich mich lieber um die Verwaltung kümmern soll, was, Meerkamp?«

»Nee, das nich. Wenn jemand was von Pferden versteht, dann Sie«, sagte Fritz Meerkamp, und er wußte, wovon

5

er redete. Er hatte sich schon bei Eberhardt Berckens Vater um Hof und Gestüt gekümmert, eine Position zwischen Verwalter und Knecht und Pferdetrainer. »Der Meerkamp für alles« hatte der alte Bercken ihn manchmal scherzhaft genannt. Nun stand er nach dessen Tod dem jüngeren Sohn Eberhardt zur Seite, soweit die ollen Knochen das noch zuließen. Der ältere Sohn, Dietmar, war Arzt geworden. Chirurg in Hamburg. Und er hatte das väterliche Erbe glatt ausgeschlagen. Jedes Weihnachten kriegte er seinen Schinken geschickt, aber sonst hatten die Brüder wenig Kontakt zueinander. Waren zu verschieden. Dietmar war immer der erklärte Liebling seiner zarten, schönen Mutter gewesen. Eberhardt hatte sich als wilder Bengel benommen, um Mutters Aufmerksamkeit auf sich zu lenken. Natürlich hatte das gerade die gegenteilige Wirkung gehabt.

Als der alte Bercken gestorben war, hatte Eberhardt, ohne lange zu zögern, sein Volkswirtschaft-Studium an den Nagel gehängt und das Erbe angetreten. Die Mutter war nach Hamburg in die Nähe ihres Lieblingssohnes gezogen.

Meerkamp erlebte, wie die junge Frau ins Haus kam. Dicke Tannengirlanden über dem Portal, Blumen überall. Eberhardt hatte sie über die Schwelle getragen unter dem Jubel der Gäste und Angestellten. Sie war derselbe Typ gewesen wie die Mutter: eine dunkelhaarige Schönheit, kühl und stets eine Spur hochmütig. Die hellen Augen des jungen Bercken hatten gestrahlt. Damals waren sie noch ganz klar und ohne den Schleier der Melancholie gewesen, der sich jetzt so häufig über ihren Glanz legte.

»Hier also steht die neue Frau auf Berckenhof«, hatte er gesagt und sein Glas erhoben, »willkommen, Gabriele!

Wir alle wünschen von Herzen, daß du bei uns glücklich wirst.« Alle hatten ihr zugetrunken.

»Hoch, hoch, hoooch!«

»Danke«, hatte sie erwidert mit freundlichem Abstand.

Nun ja, beliebt war Gabriele v. Bercken nie gewesen bei den Leuten auf Berckenhof. Als sie jedoch ein Kind erwartete, war ihr Mann überglücklich, und alle freuten sich mit ihm. Das war einmal.

»Tscha, denn wollen wir mal. Ran an die Arbeit«, dröhnte Meerkamp.

»In Ordnung, Boss«, gab Eberhardt scherzhaft zurück.

Er trat auf den Hof hinaus. Frische, klare Morgenluft schlug ihm entgegen, trug den Duft von Nelken und Nadelhölzern zu ihm hin. Das Gut Berckenhof lag in einem kleinen Park von niedrig gehaltenen Fichten und Kiefern, durchsetzt mit schlanken Birken und breitkronigen Buchen. Vor dem lang hingestreckten Herrenhaus blühte ein großes Blumenrondell. Wiesen und Koppeln mündeten am Horizont in einen Wald ein, der auch zum Gut gehörte.

Als Eberhardt den Hof übernommen hatte, war er ziemlich gefährdet gewesen. Der Umschwung in der Landwirtschaft, der erforderliche Übergang zur Spezialisierung machten sich hart bemerkbar. Eberhardt hatte seine ganze Kraft und sein Können und Wissen voll eingebracht, und es hatte ihm nur in ganz niedergeschlagenen Minuten leid getan, daß er sein Studium an den Nagel gehängt hatte.

Oh, es war schön, Erfolg zu haben. Aus eigener Kraft Erfolg zu haben. Er liebte Berckenhof. Er war glücklich hier. Gabriele war es nie gewesen. Da hatte er geglaubt, ihre ständige Unzufriedenheit würde sich legen, wenn erst das Baby da war. Sie kam wirklich nicht aus großen

Verhältnissen. Doch nichts war ihr recht gewesen. An allem hatte sie herumzunörgeln. Vor allem langweilte sie sich auf dem Lande.

Dann kam der Tag — es war gar nicht mehr lange bis zum ersehnten Tag, an dem Baby Bercken erwartet wurde, Mädchen oder Junge, Eberhardt freute sich wahnsinnig. Da hatte Gabriele ihm eröffnet, das Kind sei gar nicht von ihm. Sie hätte sich mit ihrem früheren Freund wiedergetroffen. »Und da hab ich halt nicht an die Pille gedacht. Ich wußte es gleich. Es war, als du zu dem landwirtschaftlichen Kongreß warst, Eberhardt. Du weißt ja, wir beide hatten damals eine große Flaute.«

Sie hatte sich in ihren Wagen gesetzt und war abgebraust. Er hatte sich nicht gewehrt, als sie die Scheidung einreichte. Jetzt war sie mit dem anderen verheiratet. Das Kind war ein Junge.

Seitdem gab es für Eberhardt keine Frauen mehr.

»Ich bin nun mal ein knorriger Eigenbrötler. Ich mag den Geruch von Pferd und Leder, aber nicht die Wogen von Heliotrop und Moschus, die Frauen um sich verbreiten«, witzelte er oft gegenüber seinem Freund Michael Kringel.

»Mike« Kringel, Tierarzt im nahen Kreisstädtchen Engenstedt, war schon von Kindesbeinen an Eberhardt von Berckens Freund, wenn auch mit Unterbrechungen, zum Beispiel während des Studiums, das sie in verschiedenen Städten absolvierten, wobei Kringel in eine »schlagende Verbindung« eintrat und sich zwei abenteuerlich wirkende Narben auf der Stirn beibringen ließ. »Mein Seeräuber-Look«, wie er behauptete. Dann hatte es noch eine Pause gegeben, als Mike Kringel sich für zwei Monate ein Mädchen mitgebracht hatte, eine Mischung aus Punk und Striptease von der er behauptete, sie habe »das gewisse Etwas und auch sehr schöne Hände«.

Als Gabriele auf Berckenhof war, hatte Kringel sich freiwillig rar gemacht. Sie war ihm nicht geheuer mit ihrem herablassenden Getue. Eberhardt hatte es übrigens nicht ganz ungern gesehen, denn, bei allem Wohlwollen, Mike Kringel war ein ausgebuffter Ladykiller, ein Casanova im Goldschnitt. Und wenn Eberhardt allein lebte, weil er, bitter enttäuscht von Mutter und Ehefrau, genug hatte vom schönen Geschlecht, so blieb Mike Kringel für sich, weil er die Frauen so liebte, daß er für alle bereit sein wollte. Er hielt es mit dem Spruch: »Warum es wegen einer mit allen verderben?!«

»Wenn ich so'n tolles Weib treffe, da nehm ich Witterung auf, da geht mein Herz auf Krempstiefeln, Mann, Eberhardt, das ist doch der ganz normale Jagdinstinkt, jagen und die Beute genießen. Steckt doch jedem Mann in den Knochen. Sag bloß, du kenntest das nicht!«

»Na, Waidmannsheil«, hatte Eberhardt gewünscht, »dann bleibe ich doch lieber ein bescheuerter Single.«

»Früher nannte man das Hagestolz.«

»Da du auch allein lebst, bist du demnächst im Grunde auch einer, Mike. Oder?«

»Wenn du ne Partei der Hagestolze gründen willst, möchte ich Kassenwart werden, Ebi.«

»Also, bitte, nenn mich nicht Ebi, ja?«

So ähnlich verliefen alle Versuche der Freunde, den anderen jeweils zu einem »richtigen« Leben zu bekehren.

Kringel allerdings war von keiner Melancholie angekränkelt. Beileibe nicht. Er verdiente gut. Sein Einfamilienhäuschen mit dem hübschen Wintergarten und dem Garten, durch den sich der Rasen als schmales Handtuch

zog, ein Rasen mit viel Butterblumen und Gänseblüm-
chen, weil Kringel nicht gern mähte, mit Staudenbeeten
an beiden Seiten, sein Häuschen war genau richtig für
ihn. Gemütlich und ungeniert, wenn er Besuch einlud.
Gerade kam, in allen Ehren natürlich, sein Schwesterchen Laura an. Zum erstenmal nach langer Zeit. Er eilte
ihr durch den winzigen Vorgarten entgegen, als sie aus
ihrem roten Sportflitzer kletterte. Donnerwetter, sie war
wirklich bildhübsch.

»Laura!«

»Mike!«

Die Geschwister umarmten sich und sahen sich lachend
an.

»Gut schaust du aus«, lobte er.

»Du wirkst auch nicht übel.«

»Komm rein. Wie lange warst du nicht hier?«

»Wann warst du das letztemal in Berlin? Vor drei Jahren,
glaub ich. Stimmt's?«

»Kommt wohl hin. Du, dann ist es mindestens sechs
Jahre her, seit du hier warst. Bißchen schmaler siehst du
aus. Hast du Kummer gehabt?«

Sie setzte sich auf einen seiner weißen Ledersessel. Ihr
Haar war noch genauso blond wie in der Kindheit. Die
Farbe von hellem Herbstlaub, auf das die Sonne scheint.
Kein Friseur konnte diesen Haarton zaubern. Sie hatte
einen zart teefarbenen Teint. Die zierliche Nase, der
Mund mit dem Herzschwung der Oberlippe, die etwas
schrägen Augen, deren Farbe den Himmel zu spiegeln
schien . . . in ihren weißen Lederhosen und dem tollen
roten Seidenpulli sah sie aus wie eine Titelblattschönheit.
Nein, sie sieht belebter aus, empfindsamer, dachte Mike.
Lauras Augen verdunkelten sich ein bißchen ins Veil-
chenfarbene. »Ich habe mich von Frank getrennt«, sagte

sie leise. »Nach immerhin vier Jahren enger Freundschaft und Zusammenarbeit. Es ging einfach nicht mehr. So was Selbstherrliches! Und regelrecht ausgebeutet hat er mich. Um ehrlich zu sein, Mike, eigentlich bin ich nicht nur aus schwesterlicher Sehnsucht nach dir hier. Wir hatten ja schon mal am Telefon darüber gesprochen. Ich habe Frank verlassen und will und kann nun natürlich auch nicht mehr unseren Betrieb als Steuerprüfer weiterführen. Soll er das alleine machen. Oder mit einer anderen. Meine Frage ist: Habe ich hier in Engenstedt Aussichten, als tüchtige Steuerprüferin Mandanten zu finden?«

Mike grinste. »Klar. Hier wird genauso beschuppt wie anderswo.«

»Mike, bitte. Ich bin seriös.«

»War doch nur Spaß, Kleines. Im Ernst, es wird bestimmt klappen. Fehlt hier direkt noch jemand. Vor allem jemand, der nicht mit jedem über jeden tratscht.«

»Apropos Tratsch. Was macht denn dein Freund Eberhardt?«

»Laura, sieh mich mal an!« Er blickte ihr forschend in die Augen. Wahrhaftig, das Mädchen wurde rot. Mit zwölf hatte sie für den Freund ihres großen Bruders geschwärmt. Der natürlich war an den Mädchen aus den höheren Klassen interessiert. Einmal hatte er ihr den Schlitten im Wald einen Hügel hochgezogen und ihr kurz den Arm um die Schultern gelegt. Davon hatte sie tagelang gezehrt. Dann hatte er studiert, später war sie zum Studium nach Berlin gegangen. Doch irgendwie hatte sie die Erinnerung an ihn in sich gespeichert. Wenn sie an ihn dachte, reagierten ihr Herz, ihr Blut und ihre Nerven. Dann sehnte sie sich wie ein kleines Mädchen nach dem großen, breitschultrigen Mann, der ihr den

Arm um die Schulter legen und sie beschützen und lieben würde. Ein Mann der Heimat.

Sie lächelte verlegen und rief sich innerlich zur Ordnung. Sie war längst erwachsen. Soweit man überhaupt erwachsen wurde im Leben. Ein paar Träume aus der Kindheit rettete man wohl stets hinüber ins Erwachsenendasein.

»Seit seine Frau ihn verlassen hat, ist mit Eberhardt gar nichts mehr anzufangen in puncto Liebe, das habe ich dir ja schon durchs Telefon geflüstert. Versuch deine Künste bloß nicht an ihm, sonst ist eine Niederlage bereits vorprogrammiert. Und je hübscher eine ist, desto argwöhnischer wird er natürlich«, warnte Mike.

»Hab ich gar nicht vor«, log Laura kühn. »Erst einmal mache ich Urlaub. Renate kommt auch aus München zu ihren Großeltern, und dann werden wir im Hause Pluttkorten mal ordentlich einen drauf machen. Renate will ne Party geben. Du und Eberhardt werdet auch eingeladen. Was sagste nu?«

»Klappt nie. Eberhardt wird nicht kommen. Kann ich dir gleich sagen.«

»Wir werden seh'n! Wetten werden angenommen.«

»Nicht gleich beim ersten Versuch, Schwesterlein. Da wäre ich doch zu sehr im Vorteil.«

Laura lächelte und strich das lange Haar zurück. »Gib zu, daß er einen Versuch wert ist. Hast du eigentlich was zu essen?«

»Oh, Verzeihung, Gnädigste, selbstverständlich sind erlesene gekaufte Fleischbällchen mit köstlichem fertigen Kartoffelsalat vorbereitet, vom Chefkoch persönlich empfohlen; als Dessert dachte ich an Sahnejoghurt im Pappbecher, dazu ein vollmundiger Schluck Beaujolais im Wasserglas — naaa? Läuft Ihnen da nicht das Wasser im Mund zusammen?«

»Bitte, führen Sie mich zu Tisch, mein Herr. Wer könnte standhaft bleiben, wenn solche Genüsse ihn erwarten?!«
Als er ihr zutrank, sagte er: »Auf einen glücklichen Start, Schwesterlein! Prost auf die Liebe!«
Sie nahm einen tüchtigen Schluck. »Ich danke dir, Mike! Ich hoffe noch. Prost!«
»Wie geht's unseren Eltern? Allzu kontaktfreudig sind sie ja nicht gerade.«
»Du weißt doch, Mike, wenn sie nicht in ihrer Wohnung auf Mallorca weilen, haben sie in Berlin mächtig zu tun. Papa schreibt gerade wieder einen Jagdroman. Mutti macht einen Aerobic-Kurs, spielt Bridge und organisiert in ihrem Damenclub wohltätige Veranstaltungen wie Basare, Konzerte und Bälle. Sie brauchen im Grunde niemanden außerdem.«
»Und so ein glückliches Paar möchtest du auch mal werden, nicht wahr? Dir fehlt nur noch der Partner, ist es so?«
Sie lachte. »Du hast mich durchschaut, Mike.«
Er sah sie nachdenklich an. »Wenn ihr Eberhardt wirklich auf ne Party kriegen wollt, dann laßt Frau Pluttkorten die Einladung aussprechen. Und nennt es nicht ›Party‹, sondern lieber ›Abendgesellschaft‹. Eberhardt ist merkwürdig altmodisch.«
Laura stand auf, ging zu ihrem Bruder und gab ihm einen festen Kuß auf die Nase. »Du bist lieb. Willst mir also beistehen. Du, vielleicht gefällt er mir gar nicht mehr.«
»Ein alter Stinkstiebel. Im Grunde aber ein feiner Kerl«, bemerkte Mike Kringel salomonisch und verhielt sich damit, wie er meinte, fair nach beiden Seiten.
Laura nahm also telefonisch Kontakt mit ihrer Freundin Renate in München auf, die danach mit ihrer Oma Plutt-

korten telefonierte, woraufhin Eberhardt einen Tag später eine feine Karte im gefütterten Umschlag erhielt, der vertraut und auch beunruhigend nach Lavendel duftete: »Lieber Herr v. Bercken«, stand da in gestochen feiner Sütterlin-Schrift, »eigentlich ist es doch schade, daß wir fast Nachbarn sind — jedenfalls grenzt, soviel ich weiß, ein Zipfel Ihres Waldes an unsere feuchte Koppel — und uns trotzdem nicht sehen, es sei denn zu Weihnachten in der Kirche. Um diesen Zustand endlich zu ändern, lade ich Sie hiermit zu einer kleinen Abendgesellschaft bei uns ein. Dienstag, sieben Uhr, bitte zwanglos im dunklen Anzug. Mein Mann und ich freuen uns. Mit freundlichem Gruß Ihre Amélie v. Pluttkorten.«

Eberhardt setzte sich erst einmal tief aufschnaufend in einen Sessel. Ach, du lieber Himmel! Wie sollte er da rauskommen? Wer konnte wissen, wer da aufkreuzen würde. Vielleicht war es sogar wieder einer der Versuche, ihn, den Junggesellen, mit irgendeiner Schönen aus der Nachbarschaft zu verkuppeln. Gerade alte Damen wie Frau Pluttkorten hatten eine fatale Neigung dazu, wie Eberhardt aus leidlicher Erfahrung wußte.

Er rief bei Mike Kringel an, um die Sache zu bereden.

»Hallo?« sagte eine Frauenstimme. Natürlich, Mike hatte schon wieder eine Freundin im Haus. Es war nicht zu fassen, daß die Frauen sich das gefallen ließen.

»Ich wollte Herrn Kringel sprechen«, sagte er, »hier ist Bercken . . .«

Am anderen Ende wurde tief Luft geholt. Dann sagte die Stimme, die recht angenehm klang: »Oh, er hat gerade eine ziemlich bissige Dogge auf dem Operationstisch, nur örtlich betäubt, soviel ich weiß. Vielleicht kann ich helfen. Hier spricht Laura. Laura Kringel.«

»Äh.« Eberhardt mußte sich erst einmal räuspern.

»Laura, Sie sind hier?« Na, das hatte nicht gerade geistreich geklungen. Sie war ein entzückender Teenager gewesen. Etwas zu jung für ihn, er konnte sich erinnern, daß er einmal mit ihr rodeln war. Sie hatte knallrote Wangen gehabt und leuchtende Augen und eine ganz, ganz entzückende Ausstrahlung.

»Äh, ja ich . . . wie geht es Ihnen denn?« Na, das Gespräch mit ihrem Schwarm von gestern ließ sich wirklich nicht brillant an.

»Ich bin zufrieden. Und Sie? Mal Urlaub machen in Engenstedt und Umgebung?«

»Ja, so was Ähnliches.«

»Ich rufe wieder an.«

»Kann ich vielleicht irgend etwas bestellen? Falls das Riesentier Mike am Leben läßt?« fragte sie fast flehend. Eberhardt zögerte. »Ich wollte eigentlich fragen, ob Mike auch eine Einladung zu den Pluttkortens bekommen hat? Soviel ich weiß, war er doch auch früher schon eingeladen . . . vielleicht verdanke ich ihm die Einladung überhaupt . . .«, dachte er laut. Dann überfiel ihn ein hellsichtiger Gedanke. »Kommen Sie auch, Laura?« fragte er.

»Hm . . . äh . . . nun also . . . wahrscheinlich . . . also ja.«

»Sehr schön. Das war's auch schon. Gruß an den Doktor. Wir werden uns ja sicher noch sehen. Wiederseh'n, Laura.«

»Wiedersehen, Eberhardt.«

Klick. Das war's auch schon! Wie wahr. Ein enttäuschendes Gespräch war das gewesen, ein höchst entmutigender Auftakt. Wut stieg in ihr hoch. Dieser sture Kerl! Sie würde es ihm zeigen. Wichtigtuer! Er sollte sich bloß nicht einbilden, daß Laura Kringel auf ihn angewiesen war. Die Welt war voller Männer, Italien voller Italiener,

Spanien voller Spanier und Engenstedt voller Engenstedter, jawohl. Jedenfalls würde sie sich für die Abendgesellschaft so schön wie möglich machen. Sollte er zumindest sehen, was ihm entging.

Doch schon am nächsten Vormittag rief Frau v. Pluttkorten an.

»Der Bercken hat abgesagt. Er muß angeblich zu einer landwirtschaftlichen Messe in Hannover. Heute mittag trifft Renate ein. Mein Mann und ich würden uns freuen, wenn Sie und Ihr Bruder heute abend zu uns kämen. Noch ist ja Zeit. Vielleicht können wir uns etwas überlegen?«

Frau v. Pluttkorten war sehr zierlich. Sie trug einen schwarzen Faltenrock und einen zartgrünen »Pringle-of-Scotland«-Pullover. Ihr weißes Haar mit dem leichten lila Schimmer war zu einem duftigen Pagenkopf frisiert. Außer einer Perlenkette und einem Ring mit großer, naturgewachsener Perle trug sie keinen Schmuck. Sie mußte in den Siebzigern sein, obwohl ihr Teint das nicht verriet. Keineswegs machte sie krampfhaft »auf jung«, sondern sah vielmehr aus wie eine Charakterdarstellerin, die eine bezaubernde alte Dame verkörpern will, der alle Herzen zufliegen.

Herr v. Pluttkorten dagegen war ein Trumm von Mann, ein Riese mit braunrotem Wind-und-Wetter-Gesicht, das ein weißer Schnauzbart mit einem Hauch von Haudegen versah. Seine grauen Augen blitzten. Er bewegte sich wie ein passionierter Reiter: sehr gerade, ein wenig steif in den Hüften. Für seine Enkeltochter Renate, die früh den Vater verloren hatte, war er stets zu Weihnachten und auch im übrigen Jahr ein perfekter Weihnachtsmann gewesen.

Renate hatte sich neben ihnen zum Empfang der Kringels aufgebaut. Sie war zierlich wie ihre Großmutter, aber im ganzen deftiger, mit einem hübschen Kobold-Gesichtchen. Dunkle Locken ringelten sich üppig und ungezähmt; Renate hatte zu ihrem Kummer von Natur aus krauses Haar und sich als Kind oft — nicht ganz zu Unrecht, wie sie zugeben mußte — den albernen Spruch von den »Krausen Haaren« anhören müssen, die auf entsprechend krausen Sinn schließen ließen.

Mike Kringel küßte Frau v. Pluttkorten artig die Hand. Die Freundinnen fielen sich um den Hals.

»Laura! Toll siehst du aus!«

»Du auch. Ist das nicht schön, daß wir uns mal in unserer Heimat treffen?«

Herr v. Pluttkorten umarmte Laura. Er mochte hübsche, junge Frauen gern im Arm haben. Und Mike nahm Renates Hand. Augenblicklich erschallten sämtliche Jagdhörner seiner männlichen Vorfahren in seinem Geiste. Alle Jägerinstinkte erwachten. Halali! Das war doch kaum zu fassen! Aus dem kleinen Fratz, dessen Haare immer so komisch abgestanden hatten, der eigentlich eher ein Junge gewesen war als ein niedliches kleines Mädchen, mit dem in der Tanzstunde niemand ohne Schaden davongekommen war, weil es einem ständig auf die Füße latschte oder einen mit frechen Bemerkungen aus dem Takt brachte, war eine ausgesprochen süße Person geworden. Genau die Richtige für Papas Sohn. Ein Happen, der direkt einige Anstrengungen lohnte.

Mike hielt ihre Hand und sah ihr tief in die Augen, dann zog er die Finger langsam zurück. Es war wie ein Streicheln. Er mußte zugeben, daß es auch auf ihn selber ziemlich prickelnd wirkte. Offenbar war sie sehr sexy. Er würde seine Verabredung mit Monika von der Sparkasse verschieben und sich ganz diesem Schmetterling widmen, der aus der Raupe von einst geworden war.

»Wir haben uns doch mindestens zehn Jahre nicht gesehen«, säuselte er.

»Dafür sind Sie verhältnismäßig knackig geblieben«, stellte der Lebkuchen-Engel mit dem Kirschenmund ungerührt fest.

Von der breiten Diele mit ihren schweren englischen Möbeln aus traten die Gäste in ein lupenreines Biedermeierzimmer ein. Sogar der runde Teppich war mit seinen Blumen und Farben stilecht aus der Zeit.

Im Kamin knisterte und knackte duftendes Holz. Sie nahmen in einer Runde auf schweren Sesseln Platz. Ein Mädchen in schwarzem Kleidchen mit weißer Tändelschürze und weißem Häubchen trat lächelnd ein und brachte auf einem kleinen Silbertablett Sherry und schlanke Kristallgläser herein.

Laura fühlte sich in eine vergangene Zeit zurückversetzt. Fast verwunschen, dachte sie, als ob diese beiden Menschen hier alles Fremde, Störende von außen abgewehrt hätten.

Sie tranken in kleinen Schlucken, genossen die herbe, gekräuterte Süße und knabberten kleine Mürbeteig-Kringel dazu. Pluttkorten legte noch einen Kloben ins Feuer und bewegte mehr rituell den Blasebalg. Dann lehnte auch er sich zurück, und Frau Pluttkorten begann:

»Wir wollen heute abend also überlegen, ob wir dem Eberhardt Bercken vielleicht helfen können, aus seinem Fuchsbau hervorzukommen. Ich tue es, weil ich glaube, daß Sie kein böses Spiel mit ihm spielen würden, Laura, denn er ist ein gebranntes Kind, und noch eine große Enttäuschung würde er wohl nicht verkraften. Ich tue es auch, weil ich seinen Vater sehr gern mochte. Wir beide,

Wilhelm und ich, schätzten ihn sehr. Und weil Eberhardt, den ich ja auch schon als kleinen Stöpsel gesehen habe, wenn wir auch nie richtig miteinander befreundet waren, mir aufrichtig leid getan hat, als seine Frau ihn mit einem Schlag aus dem siebenten Himmel in die tiefste Enttäuschung gestürzt hatte.

Mein Mann und ich haben uns beraten. Wir können uns vorstellen, daß man mit einer kleinen List am erfolgreichsten sein würde. Noch haben wir eine gute Woche bis zur Soirée, oder, wie man heute sagt, zur Party. Ich glaube nicht an seine Reise nach Hannover, zumindest glaube ich nicht, daß sie wirklich wichtig ist. Nein, das ist ein Vorwand. Er will nicht unter die Leute. Er denkt, das sei ein einziger großer Heiratsmarkt mit ihm als besonderem Angebot. Nun ja, ganz abwegig ist der Gedanke vielleicht nicht, was meinen Sie, Laura?«

Laura senkte den Kopf und errötete ein bißchen.

»Und du, Renate?«

»Wie bitte?« Renate fuhr hoch. Sie hatte gerade dem attraktiven Kringel in die Augen gesehen und nicht zugehört. Wie in der Schule früher. Peinlich!

»Auf Listen fällt Eberhardt nicht rein, gnädige Frau«, sagte Mike Kringel. »Ja, ich möchte sogar so weit gehen zu behaupten, daß jeder Mann da einen gesunden Instinkt hat, der ihn warnt, wenn er eingefangen werden soll. Da geht irgendwie ein Licht an. Bei Eberhardt sowieso. Obwohl er sich damit natürlich um die wirklichen Freuden des Lebens bringt. Deshalb möchte ich schon gern mitmachen, falls wir so etwas wie ein Komplott schmieden sollten. Es müßte aber ungeheuer geschickt eingefädelt werden.«

Frau v. Pluttkorten sah ihrem Mann in die Augen. »Du

bist doch wirklich einverstanden, Wilhelm, daß ich's erzähle?«

Wilhelm v. Pluttkorten nickte. »Erzähl mal, Amélie, ich helfe auch gern ein. Schließlich war ich an deiner Geschichte wesentlich beteiligt, nicht wahr?«

Sie reichte ihm ihre Hand, und er zog sie lächelnd an die Lippen.

»Wie fange ich an, Wilhelm?«

»Fang damit an, daß ›Iphigenie‹ nicht werfen konnte und Waak, mein Verwalter, sich wieder einmal besonders schwerhörig anstellte. Tüchtig war er, aber er hörte nur, was er hören wollte.«

»Und du warst natürlich wieder besonders ungeduldig und gabst Iphigenie und Waak die Schuld daran, daß die Ferkel sich nicht blicken ließen auf der Welt, und wahrscheinlich schimpftest du fürchterlich. Mein Wilhelm war damals ein ziemlicher Polterer. Und eingefleischter Junggeselle, das können Sie mir glauben.

Damals stand nur der linke Flügel von unserem Herrenhaus. Aber Wilhelm hatte das Gut, seit er es als Erbe übernahm, von einer recht ärmlichen Klitsche prächtig hochgewirtschaftet. Sein dicker Freund war Hermann, Hermann Ritter, mein Bruder. Er ist im Krieg gefallen. Unser Gut wurde verkauft und aufgesiedelt. Es ist vom Winde verweht. Aber damals, Ende der zwanziger Jahre, hielten Wilhelm und Hermann zusammen wie Pech und Schwefel. Sie jagten zusammen, sie tranken zusammen, und das nicht zu knapp. Sie hatten gemeinsam studiert, bis ihre Väter sie zurückriefen. Und sie hatten einander geschworen, daß keine Frau in dieses paradiesische Leben eindringen sollte. Mit Blut hatten sie den Bund besiegelt. Damals war man noch romantischer. Oder man zeigte es eben mehr.

Ich war gerade aus dem Internat zurück. Ich behauptete glatt, es wäre ein neues Weltwunder, wenn diese beiden Hagestolze sich jemals durch die Liebkosung einer Frau aus ihrer Selbstherrlichkeit herausreißen ließen.

Auf Pluttkorten lebten Waaks Frau Hermine und die Magd Stine. Sonst nur Kerle. Die Männerwirtschaft hatte den Vorteil, daß die Fußballmannschaft der Pluttkortenschen Knechte, angeleitet von Wilhelm höchstpersönlich, von Sieg zu Sieg eilte und sogar Aussichten hatte, einmal auf dem Tippschein genannt zu werden. Im Dorf hatte man sich mit dieser sportlichen Neuerung des bäuerlichen Lebens abgefunden. Die Leute schätzten ihren Gutsherrn, weil er sich nicht zu schade war, selber mit anzupacken. Wenn es nötig war, stand er selber mit auf der Dreschmaschine und schob die Garben ein, fuhr er eigenhändig mit dem Binder über das Feld und bückte sich bei der Rübenernte wie alle anderen. Er war groß, breit und braungebrannt, ein Mann, der nach Erde roch, nach Erde und Pfeifenrauch. Seine Stimme war laut und zum Befehlen geschaffen. Aber seine blauen Augen blickten gütig. Ich mochte diesen Polterer. Ich wußte mit dem Instinkt der Eva, daß unter seinem Kraftgehabe ein weiches Herz und ein sonniges Gemüt schlummerten. Wie ging's nun weiter, Wilhelm?«

Wilhelm Pluttkorten schmunzelte. »Na, als ich Waak gerade brüllend zu verstehen geben wollte, daß wir vielleicht besser den Tierarzt holten und er sich taub stellte, weil er wegen einer werfenden Sau partout keinen Tierarzt haben wollte, das ging ihm gegen die Ehre, da kam auf seinem blanken Fuchs mein Freund Hermann angeprescht, parierte sein flockendes Pferd und lachte von einem Ohr zum anderen. Ich sagte: ›Na, altes

Haus, du kommst wie ein Hiobsbote angeritten, hoffentlich bist du keiner?‹

›Wie man's nimmt‹, grinste er. Ein Knecht nahm seinen Fuchs in Obhut. Waak ging wieder zur Box zurück. Wir gingen ins Haus. ›Wir sind auf Mölldorf eingeladen, hier ist der Wisch. Sind ja so was wie Tante und Onkel von uns. Tante Alwine findet, daß Amélie unter die Leute kommen muß. Unsere gute Wendevogeln kümmert sich ja nett um sie, aber sie kann eben eine Mutter nicht ersetzen. Für Gesellschaften hat sie schon gar keine Ader.‹

Ich sah mir den Wisch an. Tatsächlich, mein Name stand drauf. ›Wieso hast du meine Einladung?‹ fragte ich argwöhnisch. Hermann war nämlich ein Spaßvogel und hatte stets einen Hasenfuß in der Tasche, wie er das nannte.

›Der Briefträger hat ihn bei mir abgegeben, du willst doch wohl nicht verlangen, daß der arme, alte Schmidt den ganzen Weg zu dir macht, um diesen winzigen Brief abzugeben?‹

›Sonnabend, zwanzig Uhr, Smoking. U.A.w.g.‹ Schöne Bescherung. ›Gehst du hin?‹ fragte ich. Hermann grinste: ›Muß ja wohl. Schon wegen Amélie. Sie legt Wert darauf.‹

›Und kannst du mir mal sagen, was ich bei diesem Kaffeekränzchen soll?! Ich weiß schon, da gibt's labriges Hühnerfrikassee und süßen Wein und Sherry, brrr, und kein Schlückchen Steinhäger. Ich mag Schinken, der vom Brot runterhängt. Rauchen darf man auch nicht. Vielleicht wird da auch noch ein Lämmerhüpfen veranstaltet. Und im Smoking! Wann habe ich zum letztenmal einen Smoking angehabt?‹

›Das letztemal, als du von der Uni in Freiburg verwiesen

wurdest. Wegen Volltrunkenheit‹, feixte mein angeblich bester Freund.

›Mensch, Hermann, nimm deine Schwester unter den Arm und geh hin. Aber verschone mich, klar?‹

Hermann erhob sich und schnippte mit der Reitgerte durch die Luft. ›Wie du willst. Wenn du dich unbedingt blamieren möchtest. Ich werde sagen, mein Freund Pluttkorten hat Angst vor den Frauen.‹

Er ließ die Reitgerte noch einmal pfeifen und klirrte nach draußen, während ich hinter ihm herbrüllte – das Brüllen hat mir Amélie später so ziemlich abgewöhnt: ›Da lachen ja die Hühner. Ich lasse mich doch nicht erpressen!‹

Dann habe ich mich in meinen Lieblingssessel zurückgelehnt. Mein Vater hatte immer behauptet, er sei ein Geschenk des Sultans von Madagaskar gewesen. Ich habe auf die Wand mit den Jagdtrophäen gestarrt – lauter Zwölf- und Sechzehnender, die noch im Jagdzimmer hängen, auch den Sultansessel hab ich noch. Jupp, der Dorfcasanova aus dem Rheinland, kam und meldete grinsend: ›Dat Iphijenie hat jeworfen. Sieben rosige Ferkelchen.‹ Alles war im Lot. Mein Entschluß war gefaßt.«

Amélie von Pluttkorten fuhr fort:

»Ich hatte bei Tante Alwine ein bißchen nachgeholfen mit der Einladung. Wir wurden zwar streng erzogen, aber dumm waren wir trotzdem nicht. Dieser Wilhelm gefiel mir so sehr, und er übersah mich, als ob ich Luft wäre. Sogar unseren Dobermann Frido überschüttete er geradezu mit Aufmerksamkeiten, gemessen an dem kargen Gruß und dem zerstreuten Blick, die er mir zukommen ließ, wenn er Hermann besuchte und überhaupt von mir Notiz nahm.

Ich war tief enttäuscht, als Hermann zurückkam und

meinte, Wilhelm bastele schon an einer feinen Ausrede für den Sonnabend. Mein Sportgeist erwachte. Schön, ich durfte nicht Fußball spielen und nicht auf die Jagd gehen, mußte immer nur Klavier spielen, Deckchen stikken oder mit der Wendevogeln Französisch parlieren. Doch ich entdeckte dieses sportliche Gefühl in mir. Wollen doch mal sehen, ob sich da nichts machen läßt, dachte ich. Und ich heckte einen kühnen Plan aus.«

Laura, Renate und auch Mike Kringel waren nun ganz im Bann der Erzählung. Sie konnten sich lebhaft vorstellen, wie abends der Jagdwagen mit Hermann Ritter und seiner Schwester Amélie auf Pluttkorten vorfuhr. Amélie trug ein zartrosa Kleid, das hinten länger zipfelte als vorn, was neueste Mode war, von der Schneiderin direkt einem Modell aus dem »Silberspiegel« nachempfunden. Franz, der Musterdiener, der immer besser als sein Herr wußte, was sein Herr eigentlich wollte, stand schon auf der Freitreppe und schritt nun gravitätisch zu den Herrschaften hinunter, um ihnen einen Zettel zu übergeben. Wilhelm schrieb:

»Lieber H., besuche das Palaver und Gefiedel allein. Ich gehe in meine Jagdhütte. Wenn du noch Mumm in den Knochen hast, kommst du nach. Andernfalls: Sei auch recht lieb zu den Damen.«

Hermann nickte und gab den Zettel an Amélie weiter: »Hier, lies«, sagte er, »Wilhelm hat die Flucht ergriffen. Nichts zu machen. Den ändern keine zehn Töchter Evas mehr.«

Er schnalzte mit der Zunge. Der Wagen fuhr den sandigen Weg hinab, dem Dorfe zu. Als der Jagdwagen jedoch aus dem Dorf heraus war und in den Wald einfuhr, ließ Amélie anhalten. Hermann wandte sich erstaunt zu ihr. »Was soll denn das sein?«

»Ich steige hier aus.«

»Im Wald?!«

»Mich wird schon kein Kaninchen beißen.«

»Du wirst dich erkälten.«

»Es ist doch ein milder Abend, und ich habe den Umhang mit.«

»Und wenn du dich verirrst?«

»Mach dich nicht lächerlich, Hermann. Ich kenne hier jeden Ast und jede Wildsau, das weißt du doch.«

»Du könntest auf irgendwelches Gesindel treffen . . .«

»Ja, zum Beispiel auf den bösen Räuber Wilhelm.«

Er pfiff durch die Zähne. »Aha! Na, viel Glück. Aber ich kann dich nur warnen. Ich kenne den Burschen.« Dann fuhr er davon. Amélie stand da in ihrem rosa Kleidchen und fröstelte, nicht vor Kälte, sondern vor Aufregung. Wilhelm. Ein Mann, der vor Frauen förmlich flüchtete. Gab es denn das? Oder flüchtete er vor sich selbst, weil er tief im Inneren wußte, daß eine Frau sein großartiges Getue schnell aufweichen würde, daß viel Zärtlichkeit und Sehnsucht nach Nähe in ihm waren, die so gar nicht zu dem Wilhelm paßten, zu dem er durch harten Drill und feste männliche Ideale erzogen worden war?

Die Dunkelheit fiel ein. Es wurde kühler. Die Raben, die über den Feldern gekreist waren, flogen nun den Nestern zu. Der Wald nahm den blaugrünen, fast schwarzen Ton der Nacht an. Amélie warf entschlossen den Kopf in den Nacken und schlich zur Jagdhütte.

Wirklich, da glitt der Schatten einer großen, breiten Gestalt hinter dem erleuchteten Fenster hin und her. Sie versteckte sich hinter einem dichten Haselbusch und war sehr, sehr aufgeregt. Oder hatte dieses furchtbare Herzklopfen noch mit etwas anderem zu tun? Konnte es sein, daß man so den Atem verlor, wenn man an einen Mann

25

dachte, wenn man nur seinen Schatten sah? Hast du dich übernommen, Amélie? fragte sie sich. Doch in ihrer Familie waren auch die Frauen stets couragiert gewesen. Sie fielen in Ohnmacht, wenn ein rauhes Wort fiel, aber sie konnten stundenlang reiten, ohne mit der Wimper zu zucken. Sie leiteten den großen Haushalt und bekamen viele Kinder und vergaßen trotzdem nie, daß sie eine schwache, anmutige Person zu sein hatten.

Plötzlich öffnete sich die Tür der Jagdhütte. Wilhelm Pluttkorten trat heraus, in Lodenjoppe, Lodenhose und braunen Reitstiefeln, den Drilling über der Schulter und den Klappstuhl unter dem Arm. So stapfte er gefährlich dicht an Amélies Versteck vorbei und trottete in den dichten Wald hinein.

Amélie preßte die Hand aufs Herz. So leise wie möglich schlich sie ihm nach. Sie glitt von Baum zu Baum und duckte sich, wenn er sich zufällig einmal umsah. Fast hatte sie Mühe, in der noch dichter werdenden Dunkelheit den Kontakt nicht zu verlieren. Es half ihr, daß sie als Kind, wenn auch verbotenerweise, mit den Dorfkindern Räuber und Gendarm in den Wäldern gespielt hatte. So viel anders war das hier schließlich auch nicht. Nur, daß der Räuber eben . . . nun . . . ein sehr aufregender Räuber war.

Oh, jetzt wußte sie bereits, wohin er ging. Am Rande der weiten Kleewiese erklomm er den Hochstand. Sie schlug einen Bogen, pirschte sich dem Hochstand gegenüber durch den Laubwald und verharrte hinter einem Gebüsch, genau dem Sitz Wilhelms gegenüber.

So saß sie eine Weile. Nichts rührte sich. Einmal flatterte ein Vogel über sie hinweg. Ein Käuzchen schrie unheimlich. Im trockenen Unterholz raschelte und knackte es. Die Stille war trügerisch. Die Nacht hatte tausend Augen und Geräusche. Eine unheimliche Angst überkam Amélie. Was tat sie hier? Sie konnte sich doch bloß blamieren, so oder so. Sich nicht zeigen und sich später, wenn der sture Jäger gegangen war, zu Tode fürchten oder zu Tode erkälten. Oder sich zeigen und sein Hohngelächter ernten. Ein junges Mädchen aus bestem Hause! Die Wendevogeln würde kündigen. Hermann . . . in dieser Hinsicht kannte er gar keinen Spaß. Nein, es war entsetzlich. Unüberlegt hatte sie gehandelt.

Eine Art Panik überkam sie. Schon wollte sie aus dem Gebüsch springen und über die im Mondschein liegende Wiese zu ihm hin rennen, da passierte es . . .

Wilhelm v. Pluttkorten war denkbar schlechter Laune, als er auf dem Hochstand saß und über die Wiese in den schweigenden Wald blickte. Die Sache mit der Einladung ging ihm nicht aus dem Sinn. Vor allem dachte er an die Kommentare, die dort nun zu seinem Fernbleiben gegeben wurden. Ihm wurde siedendheiß und furchtbar unbehaglich. Und Hermann würde noch richtig genußfreudig einstimmen, nicht zu reden von dieser kleinen Krabbe, der Amélie, die ihn plötzlich immer so sonderbar von der Seite ansah, daß er ganz verlegen wurde. Da blickte er lieber gar nicht erst hin. Ein Mann durfte sich nichts vergeben. Irgendwann würde er eine passende Partie ins Auge fassen, seine Werbung anbringen und seine Pflicht als Pluttkorten erfüllen. Aber das hatte wohl noch reichlich Zeit. Bisher waren die Liebesfreuden, die er genossen hatte, recht düster und irgendwie unappetitlich gewesen. Scheußliche Personen weiblichen Geschlechts. Ein Ehrenmann machte sich nicht an anständige Frauen heran, wenn er keine wirklich ernsten Absichten hatte.

Da! Er hielt den Atem an. Alles andere war vergessen.

Über die Wiese, von der links liegenden Schonung her kommend, schlich ein Schatten. Langsam hob Wilhelm das Nachtglas und lächelte zufrieden. Da war er. Zwar nur ein Achter, aber doch ganz passabel. Das linke Geweih etwas verkümmert und reif zum Abschießen. Der gute Jäger hegte sein Wild, der knallte nicht drauflos. Langsam hob Wilhelm den Drilling und zielte. Jetzt wendete der Hirsch, stand genau mit dem Blatt zur Kanzel. Alle seine Vorfahren sahen Wilhelm im Geiste über die Schulter. Jäger waren sie gewesen von jeher. Dieser Instinkt — Zielen und Treffen — saß ganz tief in ihm. Er drückte ab und sah zufrieden, wie das Wild schweißend in das nahe Unterholz einbrach.

Doch im gleichen Augenblick gellte ein Schrei durch die Nacht. Eine Gestalt wankte auf die Wiese, lief schwankend noch ein paar Schritte, warf dann die Arme empor und stürzte ins Gras.

Ihm trat der kalte Schweiß auf die Stirn. Dieses Umsichwerfen der Arme, das hatte er doch schon gesehen. Ja, so fiel ein Mensch zu Boden, der getroffen war. Wilhelm raste die steile Leiter der Kanzel hinab und hastete keuchend über die Wiese. Als er bei der regungslosen Gestalt war und sich zu ihr niederbeugte, begann er zu zittern. Er kniete nieder. Sie atmete flach. Gott sei Dank! Sie lebt. Ich bin kein Mörder. Er sah ihr ins Gesicht. »Amélie!« stöhnte er, »Himmel, wie kommen Sie denn bloß hierher? Sie müssen doch auf dem albernen Fest sein. Amélie! Bitte!!! Sagen Sie etwas!«

Amélie war wirklich fast ohnmächtig vor Angst. Auf was hatte sie sich bloß eingelassen? Irgendwann würde er merken, daß sie sich verstellt hatte. Sie war doch gar nicht getroffen. Und nun öffnete er die kleinen Kugelknöpfe vorn an ihrem süßen rosa Kleid und schob wahrhaftig seine Hand hinein. Ganz warm, nein, glühend heiß lag sie auf ihrer linken Brust. Ströme von Hitze breiteten sich von dort her in ihrem ganzen Körper aus. Jetzt nahm er die Hand fort und legte seinen Kopf auf ihre Brust. Sie bemühte sich, die Augen fest geschlossen zu lassen und nicht mit den Lidern zu zucken. Als Kind, wenn sie ihren Mittagsschlaf halten sollte und sich nur schlafend stellte, hatte ihre Gouvernante, Frau Wendevogel, das sofort bemerkt. »Rolle nur nicht so mit den Augen«, hatte sie dann gesagt. »Du schläfst ja gar nicht, Amélie.«

Wilhelm richtete sich plötzlich auf und fauchte laut durch die Nase. Dann lachte er dröhnend. Ihr wurde ganz bange zumute. Der Kerl war doch nicht etwa übergeschnappt!?

Plötzlich fühlte sie sich emporgehoben, ziemlich unsanft für ein armes Mädchen, das gerade von einem Amateurjäger getroffen worden war, und mit einem Schwung flog sie über seine Schulter. Ihre Beine baumelten vor Wilhelms Brust, der Kopf lag an seinem Rücken. Er riß sein Gewehr vom Boden hoch und stapfte los.

Das war nun aber überhaupt nicht einkalkuliert! Einen Schrecken hatte sie ihm einjagen wollen, damit er sie künftig nie wieder übersah. Und ein bißchen bestrafen hatte sie ihn auch wollen für seine Absage der Einladung, mit der sie sich ja einige Mühe gemacht hatte. Schon die Sache mit dem Aufknöpfen und seiner Hand . . . nun, für ein großes Ziel mußten kleine Opfer gebracht werden.

Brummend stapfte Wilhelm durch den Wald, mit seinem seltsamen Wildbret über der Schulter. Als die Blockhütte näher kam, wollte Amélie »Erwachen« spielen, doch er nahm keine Notiz davon, sondern verdoppelte sein

29

Tempo. Und sie hatte gedacht, er würde sich auf der Lichtung über sie beugen wie der Prinz über das schlafende Dornröschen . . .

Sie zupfte an seinem Lodenrock. Er blieb erstaunt stehen.

»Nanu, sind Sie wach?«

»Es sieht doch wohl so aus. Würde ich sonst zupfen?«

Er ließ sie von der Schulter gleiten − Kraft hatte er wirklich! Als sie auf den Beinen stand, brauchte sie einen leichten Schwindel und eine Art Seemannsgang gar nicht zu mimen. Er sah sie an. Seine Augen glitzerten gefährlich. »Sie sind doch gar nicht verletzt«, sagte er.

»Es muß der Schreck gewesen sein. Ich glaube, ich war ohnmächtig. Sie haben auf mich geschossen«, behauptete sie kühn.

»Papperlapapp. Ich schieße nicht auf kleine Mädchen. Was, bitte schön, hattest du überhaupt auf meiner Wiese zu suchen?«

»Ich . . . ich brauchte frische Luft . . . mir war übel geworden unterwegs. Und da . . . also, da wollte ich noch ein wenig spazierengehen. Ja, das wollte ich.«

»Nachts?!«

Sie merkte selber, wie fadenscheinig sich das alles anhörte. Ach du Schreck, jetzt fing sie auch noch an zu weinen, genau das dumme Ding, das dieser Wilhelm Pluttkorten jetzt zu allem Unheil auch noch duzte.

»Wieso läßt Hermann dich hier nachts rumstrolchen?« fragte er streng. »Komm jetzt in die Hütte. Ich werde den Förster und seine Frau herholen, die kann sich um dich kümmern.«

Sie wurde aus dem Stand wütend. »Wieso schießen Sie auf junge Mädchen anstatt auf Hirsche?« rief sie laut und glaubte beinahe selber, was sie sagte.

30

Er zog die Luft scharf ein. Das hatte gesessen, deshalb fügte sie schnell noch hinzu: »Ich werde es meinem großen Bruder sagen!«

Er zog sie an einer Hand in die Hütte und nötigte sie auf die schwere, hölzerne Eckbank, machte die Petroleumlampe an, beugte sich zu ihr hinunter und sah ihr aus zwanzig Zentimeter Entfernung in die Augen. Ihr wurde mulmig.

Er sah blaß aus. »Ich habe einen Achtender gesehen und auch getroffen. Bestimmt! Er muß jetzt verendet im Busch liegen. Er hatte ein verkümmertes Geweih.«

Sie erhob sich und sagte: »Sehe ich wie ein verkümmerter Achtender aus?«

Wilhelm war wütend. Auf sie, auf sich und auch auf diesen Lümmel Hermann, der jetzt bestimmt in Möllndorf Süßholz raspelte und Erdnüsse knabberte. Diese süße Krabbe führte irgend etwas im Schilde, wer kannte sich mit den Weibern aus? Und kein Mensch beschützte Wilhelm Pluttkorten vor ihren Machenschaften. 'nem Mann, der an den Geruch von herzhaftem Knöseltabak und Leder und Stallmist gewöhnt war, wurde doch allein von diesem Parfüm ganz schwummrig. Obwohl es, zugegebenermaßen, nicht übel roch. Aber eben sinnverwirrend. Wie die ganze kleine Person, die ihm jetzt plötzlich die Arme um den Hals warf und hauchte: »Ach, Wilhelm!«, und sie brachte den Himbeermund ganz dicht vor seinen Mund, und da war es auch schon geschehen.

Es überkam Wilhelm wie ein Sturmwind. Er riß sie an sich und drückte seine Lippen fest auf diesen nahen Mund. Ah, das war aufregender als jedes Jagdfieber. Von seinen bisherigen Erfahrungen mit Frauen gar nicht zu reden.

Er nahm sich mühsam zusammen, schob sie an den Schultern ein Stück von sich und brummte nur: »Ich hole Frau Knöbel.« Frau Knöbel war die Förstersfrau. Und schon stapfte er aus der Tür. Amélie setzte sich verdattert mit einem Ruck. Was jetzt? Nichts wie nach Hause, bevor es einen Skandal gab! Sie sah an sich hinunter. Das Kleid schien in Ordnung zu sein. Aber ihren Umhang hatte sie verloren. Peinlich, doch nicht zu ändern. Sie beugte sich hinunter und küßte den dicken Eichentisch dort, wo Wilhelm vorhin seine Hand aufgestützt hatte. Etwas sprang sie an, glühend, begehrend. Unter der Maske der guten Erziehung gab es eine Amélie, die sich dem Kampf um die Erfüllung ihrer Liebe gewachsen fühlte.

Sie schraubte den Docht der Lampe ganz herunter und schlüpfte aus der Tür. Der Wald, der ihr vorhin so düster und bedrohlich erschienen war, schien sie nun mit offenen Armen aufzunehmen. Die Wipfel nahmen das Rauschen ihres Blutes auf. Die Natur schien Liebe zu atmen. Wie ich, dachte Amélie. Aber jetzt muß ich erst einmal überlegen, wie ich die liebe Wendevogeln überliste. Nun, da wird mir schon etwas einfallen.

Wilhelm war die ganze Angelegenheit sehr peinlich. Ein Gutsherr verlor schließlich schnell sein Gesicht beim Personal. Und er mußte nun die alten Knöbels wecken und etwas von »Fräulein Ritter« murmeln, die »sich im Wald verlaufen« hätte und nun in seiner Jagdhütte warte, daß die Knöbeln sie tröste und der Förster sie nach Hause bringe. So ein Unsinn. Jeder wußte, daß Amélie Ritter sich kaum verlaufen würde, denn sie kannte hier doch Weg und Steg.

»Die junge Dame erschien mir irgendwie verwirrt«, sagte er deshalb möglichst fest, nachdem er das alte Försterpaar durch lautes Klopfen aus dem Schlaf hochgeschreckt hatte. Förster Knöbel war mit beiden Beinen aus dem Bett gesprungen, als es an die Fensterläden pochte. Er war aus dem Bett gesprungen, hatte sich in sein Zeug geworfen und sich die Taschen voll Patronen gestopft. Dann war er vor die Tür gehumpelt. Daß der Herr Baron draußen stand, war ein blanker Schock. Er hatte geglaubt, einer der beiden Waldaufseher hätte einen Wilderer aufgespürt und brauche Hilfe. Herr v. Pluttkorten pflegte keine nächtlichen Besuche zu machen.

»Was ist los, Herr Baron?« rief er, »das geht doch wohl nicht mit rechten Dingen zu!?«

»Wie wahr, lieber Knöbel.« Wilhelm schnaufte laut durch die Nase. »Wenn Sie wüßten, was Sie nicht wissen, dann würden Sie wissen, daß ich nichts weiß.«

»Ganz meine Ansicht!« Du lieber Himmel, der Herr war verrückt geworden! Knöbel sah ihn verstohlen von der Seite an und hatte eine bessere Idee. Der Herr war besoffen! Natürlich. Der hatte einen gehörigen Schluck über den Durst getrunken. Bevor die Herren nicht 'nen Fünfundvierzigprozentigen hinter die Binde gekippt haben, gehen sie nicht auf die Jagd. Zielwasser.

»Ich möchte, daß eine Frau sich um die junge Dame kümmert, Knöbel«, sagte Wilhelm, und er erklärte die Lage.

»Die Frau hat ihr Zipperlein, die kriegen Sie nicht aus dem Bett. Und ich auch nicht«, gab Knöbel bekannt. Er beugte sich vertraulich vor und umgab Wilhelm mit Schwaden von ollem Knösel und Holzgeruch. »Ich würd auch abraten, sie ist dann der reinste Besen«, flüsterte er. Wilhelm nickte. »Gut, gehen wir also ohne Ihre Frau.« So stapften sie durch den nachtdunklen Wald zur Jagdhütte.

»Es war nämlich so«, erklärte sein Herr ihm, »ich sitze auf Rotwild. An der Kleewiese. Da kommt ein Achtender, ein kapitaler Verkümmerter. Ich ziele.
Drauf, was das Zeug hält! Der Bock schweißt, geht ab in die Hölzer . . . Da schreit es. Die kleine Ritter springt aus dem Gebüsch und knallt hin. Sah furchtbar aus. Ich bin beinahe von der Kanzel gekippt vor Schreck. Und jetzt behauptet dieses Mädchen, ich hätte auf sie geschossen! Ich hätte sie mit dem Achtender verwechselt! Ich!! Können Sie sich das vorstellen?!«
Knöbel schüttelte den Kopf. Möglich ist alles, dachte er heimlich. »Wie geht's denn weiter?« fragte er deshalb diplomatisch.
»Jetzt ist sie da drin. Sie hat natürlich Angst, mit mir allein zu sein«, rückte er die Dinge wieder ins rechte Lot, die ihm vorhin so völlig aus der Kontrolle geraten waren. »Ich möchte, daß Sie Fräulein Ritter an die Hand nehmen und zu Hause abliefern. Seien Sie aber recht freundlich, damit wir nicht noch Scherereien kriegen. Klar?«
»Zu Befehl«, sagte Knöbel.
Als sie in die schwach erleuchtete Hütte traten, war sie leer. Knöbel dachte sofort, daß seine Ahnung vom Fünfundvierzigprozentigen ihn wohl nicht getrogen hatte. Aber dann roch er auch das Parfüm. Deutlich übertönte es den Wildgeruch, den gemütlichen deftigen Männermief.
Wilhelm schnupperte ebenfalls. »Weg«, sagte er bloß und wirkte nicht sehr intelligent. »Was ist das, kennen Sie den Geruch, Knöbel?«
Knöbel nahm schicklich den Gamsbarthut ab. »Nee, versteh ich gar nichts von. Ein Bekannter von meinem Sohn in Braunschweig, der nimmt Juchten . . .«
»Hören Sie auf, Mann, da wird einem ja übel«, schrie

Wilhelm und steigerte sich so richtig schön in Wut und Enttäuschung hinein.

»Sie ist ausgerissen«, brüllte er. »Und die Flasche Steinhäger hat sie da rübergestellt aufs Regal. Ganz offensichtlich sollte das Kritik bedeuten!«

Er ließ sich auf die Bank plumpsen. Da hatte vorhin die kleine Krabbe gesessen. Süß war sie wirklich. Schließlich war er kein Stein, sondern ein gesunder Mann. Verdummig, das war eine brenzlige Situation gewesen. Denn man konnte ja nicht behaupten, sie habe sich ablehnend verhalten. Wie sie ihm die Arme um den Hals geworfen hatte . . . ihm wurde schon wieder ganz schwummrig zumute. Er fixierte dumpf den Förster, der sich ihm gegenüber niedergelassen hatte.

»Knöbel, seien Sie mal einmal in Ihrem Leben ehrlich.«

»Aber, Herr Baron . . .«

»Ruhe, ja? Seien Sie einmal ehrlich und sagen Sie mir: Bin ich ein Buhmann?«

»Aber wieso denn?« wich Knöbel aus.

»Bin ich ein Buhmann, ein Scheusal, ein Ekel, das man erst bezichtigt, auf einen geschossen zu haben – obwohl sie auf meiner Kleewiese ja nun nichts zu suchen hatte! – und vor dem man dann auch noch das Hasenpanier ergreift?«

Er knallte die Faust auf den Tisch. Seine hellen Augen funkelten. In der Tat sah er nicht gerade vertrauenerweckkend aus in diesem Augenblick.

Knöbel wiegte den Kopf. Die Antwort war schwer. Sagte er die Wahrheit, nahm der Herr ihm das übel, sagte er sie nicht, war er auch sauer, denn er wußte natürlich selber, daß er nicht gerade das war, was man so Liebling der Frauen nannte.

»Auf Frauen wirken der Herr Baron vielleicht nicht gerade ermutigend«, formulierte er fein.

»Quatsch!« Wilhelm stützte den Kopf in die Hände. Entmutigt hatte diese Amélie eigentlich nicht gewirkt. Keineswegs. Amélie, klang gut. Amélie. Er mußte lächeln.

»Reichen Sie mal den Steinhäger und zwei Gläser rüber, Knöbel«, sagte er und dachte an den Augenblick, als er die Hand auf ihr Herz gelegt hatte, das gar nicht schwach blubberte, sondern klopfte und raste wie ein Hammerwerk. Er hatte gleich gewußt, daß sie nicht getroffen war. Sie hatte sich erschrocken, das war es. Aber in jenen Minuten war sie so süß und hilflos gewesen. Er hatte den unwiderstehlichen Drang verspürt, sie in seine Hütte zu schleppen. Atavistisch nennt man das, dachte er, wie der erste Mensch. Steinzeitbursche schleppt Weib in seine Höhle. Immerhin, sie hatte erst ziemlich spät protestiert. Er trank einen ordentlichen Schluck und sagte: »Kein Wunder, daß sie geflüchtet ist. Schließlich bin ich kein Heiliger«, und er kam sich sehr stark und männlich vor. »Sie ist ja nicht irgendeine. Die Schwester meines langjährigen und besten Freundes. Erstklassige Familie. Hübsch, was sage ich, eine Schönheit. Geistreich, witzig, charmant. Eine Mischung aus Dame und Lausebengel . . .«

Knöbel grinste breit. Und Wilhelm — wie peinlich! — errötete.

Sie tranken dann noch einige Gläschen leer. Es wurde eine gemütliche Nacht und ein saurer Morgen. Mit bleiernen Köpfen und schweren Beinen stapften sie durch den Wald und folgten der Spur des erlegten Bockes.

Es war ein herrliches Wetter. Die Sonne brach in langen Streifen durch die Stämme und Kronen der Gräser und ließ die Tautropfen wie ein Meer von Perlen und Diamanten glitzern. Der Waldboden duftete herb, schwer gesättigt. Die Schritte der Männer schmatzten leicht auf der vollgesogenen Erde.

Wilhelm v. Pluttkorten blieb stehen und knuffte Knöbel in die Seite. »Mensch, Knöbel, Sie sind nun im Wald grau geworden. Aber eins haben Sie noch immer nicht begriffen: An einem so herrlichen Morgen würde ich an Ihrer Stelle die Knasterpfeife ausmachen.«

Knöbel paffte noch eine extra dicke Rauchwolke und sagte: »Riecht jedenfalls besser als das süßliche Zeug in Ihrer Hütte. Den Geruch werden Sie nicht so schnell wieder rauskriegen, Herr Baron.«

Wilhelm dachte an den süßen Duft, an weiche Haut, einen Himbeermund und an die ganze bezaubernde Person.

»Alles Geschmackssache, Knöbel«, sagte er streng. Aber sein Gleichgewicht war erschüttert. Und das nicht nur vom Steinhäger.

2

»Das klingt nach Happy-End«, sagte Amélie v. Pluttkorten und lächelte ihrem Wilhelm zärtlich zu. Man konnte sich das junge Mädchen sehr gut vorstellen, das sie damals gewesen war. »So einfach war es jedoch nicht, diesen Mann zu erobern, von dem immerhin der Ausspruch stammte, eine erstklassige Rassestute sei ihm lieber als die schönste Frau. Und dieses Zitat hatte mein Bruder Hermann mir warnend verraten, als ich ihm einige Andeutungen meines Abenteuers auf der Kleewiese machte. Er war jedoch bereit, mich zu unterstützen. Aber davon werden wir nachher berichten, wenn es Sie interessiert. Jetzt möchte ich doch erst einmal zu Tisch bitten. Uns läuft ja die Katze mit dem Magen weg, nicht wahr?«
Sie gingen durch die Halle. Wilhelm Pluttkorten zeigte ihnen seinen Sultansessel und winkte dann mit wichtiger Miene. Er öffnete die schwere Tür zum Herrenzimmer. Dunkle Eiche, viel Leder, schwere Portieren vor den Fenstern. Und eine Wand voller Geweihe. Scheußlich, dachte Laura. Renate kannte das ja von Kind an.
Pluttkorten schmunzelte und machte sie auf ein etwas schiefes Geweih aufmerksam, das trotzdem ganz offensichtlich einen Ehrenplatz einnahm. »Das ist er. Der verkümmerte Achtender«, sagte er. »Ein sonderbarer Ehestifter, nicht wahr? Immerhin war er mein Beweis, daß ich nicht auf junge Damen schoß, sondern auf kapitale Böcke.«
Im Eßzimmer ging das hübsche Mädchen mit Schürz-

chen und Häubchen geschäftig hin und her. Dann trug die Pluttkortensche Köchin, die erstaunlicherweise dünn wie ein Strich war und damit alle Behauptungen, gute Köche seien rundlich, Lügen strafte, die Suppe herein. Fleischbrühe, kräftig, mit viel frischem Gemüse und märchenhaft lockerem Eierstich. Es gab »Gänseweißsauer«, Gans in leichtem Gelee, und große Wurstplatten, einen Kartoffelsalat mit Speck, deftiges Schwarzbrot, Gänseschmalz und leicht gesalzene Butter, die als großer Kloß auf einem Halbteller serviert wurde. Dazu tranken sie einen herben Rotwein. Und hinterher gab es Rote Grütze mit Sahne, eine denkwürdige Nachspeise.

»Früher habe ich mir jetzt eine Pfeife angezündet«, sagte Wilhelm v. Pluttkorten. »Aber heute weiß man eben, daß Rauchen schädlich ist. Ich hab's mir abgewöhnt. Ja . . . damals wußten wir noch nichts von Schadstoffen. Der Regen war das sauberste, was es gab. Die Luft war so, wie der liebe Gott sie erschaffen hatte. Doch ich lebe auch jetzt gern. Bin dankbar für jeden Tag, den ich an der Seite meiner Frau genießen darf. Nicht wahr, Amélie?«

»Ja, Wilhelm.«

Er lachte. »›Ja, Wilhelm‹, das hat sie damals auch gesagt. Allerdings nicht gleich nach der Sache mit dem Bock, den ich angeblich geschossen hatte. Ich kam ja wieder zur Vernunft. Schloß mich in meinem Zimmer ein, brütete im Sultansessel vor mich hin. Sogar der Musterdiener Franz durfte nur durch die dicke, geschlossene Tür brüllen, wenn er etwas von mir wollte. Er haßte das. Es tat seiner Würde Abbruch. Ich sagte mir: Gib dieser Amélie den kleinen Finger, und sie nimmt die ganze Hand. Dann ist Schluß mit dem freien, männlichen Leben. Dann wird Süßholz geraspelt wie bei den Ehemännern, die ich kenne. Ja, meine Liebe, natürlich, Täubchen. Bäh! Vorsicht, Wilhelm!

Und so, wie der Duft von ihrem Parfüm aus der Jagdhütte verschwunden war, als ich am nächsten Tag hinging, so verlor auch die aufregende Begebenheit an Bedeutung. Alles ging wieder seinen alten, eingefahrenen Gang.«

»Ich weiß gar nicht, ob wir das alles noch erzählen sollten«, überlegte Frau v. Pluttkorten, »eigentlich sollte es ja nur ein Beispiel sein für die Möglichkeiten, einen Hagestolz in seinen Grundfesten zu erschüttern. Und mit einem solchen haben wir's bei Eberhardt Bercken doch mit Sicherheit zu tun, auch wenn man das heute ›Single‹ nennen mag. Er ist nach dieser furchtbaren Enttäuschung durch seine Frau ein Einzelgänger geworden. Und ich bin überzeugt, daß er im Grunde seines Herzens darunter leidet.«

»Aber seine Motive sind anders als die Ihres Gatten«, gab Laura zu bedenken. »Eberhardt Bercken ist ein erfahrener Mann, der die Nase voll hat, kraß gesagt.«

»Wir haben eine sexuelle Revolution hinter uns, gnädige Frau, der Schmelz der Naivität ist für immer verloren«, wandte auch Mike Kringel ein und warf Renate einen beifallheischenden Blick zu, der auch gar nicht auf sich warten ließ.

Renate stimmte zu: »Die Masche mit der Lichtung und dem Bummbumm zieht heute einfach nicht mehr, Großmutter. Außerdem jagt der Widerspenstige, den wir zähmen wollen, vielleicht gar nicht. Oder?« Sie nahm wieder Gelegenheit, Mike einen Blick hinzupfeffern.

»Ungern«, sagte Kringel knapp.

Frau v. Pluttkorten bewies jedoch, daß in ihrem zierlichen Körper und in ihrem wendigen Geist immer noch eine unbändige Energie steckte.

»Wir müssen natürlich elastisch sein, aber die Frage ist doch: Haltet Ihr ein Komplott überhaupt erstens für angebracht, und zweitens für möglich. Wilhelm?«

»Natürlich. Die Grundgefühle der Menschen bleiben immer gleich.«

»Laura?«

»Vielleicht habe ich nichts zu gewinnen, aber bestimmt auch nichts zu verlieren. Also: Beide Punkte Ja.«

»Herr Kringel?«

»Bißchen unangenehm ist mir die Sache schon. Aber da ich weiß, welche Freuden Eberhardt entgehen, und da meine geliebte Schwester sozusagen der Preis ist, meine ich, daß es immerhin in Erwägung gezogen werden müßte . . .«

Frau v. Pluttkorten unterbrach ihn: »Also, ja oder nein?«

»Ja.«

»Renate, mein Kind?«

»Großmutter, eure Geschichte war so entzückend, daß es mir viel Spaß machen würde, wenn wir auch nur einen schwachen Abklatsch zuwege brächten. Also dafür.«

»Ich fühle mich plötzlich wie zwanzig«, sagte Amélie Pluttkorten. »Wir müssen natürlich ungeheuer geschickt zuwege gehen, sonst verderben wir alles.«

»Geschieht ihm recht. Mir ist es auch nicht besser ergangen«, brummelte Wilhelm Pluttkorten vergnügt.

Renate und Kringel riefen gleichzeitig: »Aber wie?«

»Vielleicht sollten wir doch erst den Schluß Ihrer Geschichte hören?« schlug Laura vor, »wenn es Ihnen nicht zu anstrengend ist?«

Amélie Pluttkorten lächelte. »Im allgemeinen habe ich

eher Sorge, die Zuhörer zu langweilen. Hier finde ich zu meinem Entzücken ein eingestimmtes Publikum.«

Als sie wieder um den Kamin versammelt waren, der die Kühle des Raumes milde durchwärmte und einen heimeligen Schein über Menschen und Möbel warf, erfuhren sie, wie es weiterging, damals, als Großmutter Pluttkorten den Großvater nahm . . .

Ja, das Leben auf Pluttkorten ging den vertrauten Gang, und doch hatte sich für den Gutsherrn irgend etwas verändert. Es lag nicht in den äußeren Umständen, sondern war tief in seinem Herzen verborgen. Wenn er früher die einsamen Abende mit seiner Jagdzeitung oder einem Band Fontane, manchmal auch am Radio genossen hatte, bei kräftigem Knaster und einem ordentlichen Schluck, so mußte er nun plötzlich feststellen, daß er sich ein bißchen langweilte. Er überlegte, daß erst in drei Tagen wieder ein deftiger Männerabend mit Hermann fällig war und spürte eine sonderbare, quälende Rastlosigkeit. Was war es nur? Einsamkeit? Etwa gar Sehnsucht?! Wilhelm schüttelte ganz für sich den Kopf. Das kam doch gar nicht in Frage für einen waschechten Kerl, wie er einer war.

Ein richtiger Mann brauchte einen guten Freund, doch er war kein Weiberknecht. Das fehlte noch.

Ach was, es ist das schlechte Gewissen, entschied er dann. Du hast die Amélie Ritter erschreckt mit der Ballerei, warst wohl auch nicht besonders freundlich. Jedenfalls nicht direkt charmant. Und nun steckt dir das Gefühl in den Knochen, du müßtest da etwas wiedergutmachen.

Jawohl, so ist es. Und dagegen läßt sich ja etwas unternehmen. Ist doch ganz einfach. Dabei vergibt man sich auch nichts.

So ließ er den schnittigen Einspänner anschirren und fuhr nach Engenstedt.

Er steuerte stracks die Drogerie vom alten Fiebig an, aber der stand nicht persönlich hinterm Tresen. Hatte es wohl nicht mehr nötig. Diese Stadtleute waren erschreckend verweichlicht. Ein niedliches Fräulein, das ihm bekannt vorkam, fragte höflich: »Bitte, was darf es sein?«

Nun ja, da mußt du durch, Wilhelm, redete er sich gut zu. Er räusperte sich und fragte dann betont laut: »Haben Sie so ein Parfüm, das nach Blumen riecht, also wie ein Sommergarten, aber frisch, wie nach nem Regen . . . so ähnlich«, schloß er lahm.

»Da kämen wohl mehrere in Frage«, überlegte das niedliche Fräulein.

»Ich will's verschenken«, unterbrach Wilhelm ihre Meditation, weil ihm siedendheiß einfiel, sie könne denken, er selber trüge sich mit dem Plan, duftend durch die Gegend zu marschieren.

»Für eine junge oder für eine ältere Dame?« fragte sie eifrig.

»Sehr jung, jung und lebhaft. Und hübsch.« Er wurde zwar rot, aber das mußte doch mal gesagt werden.

»Blumen . . . ein Garten nach dem Regen . . . hmhm . . . oh, ich glaube es zu wissen . . .« Sie zauberte ein Flakon hervor und nahm ohne weiteres seine Hand. Dann sprühte sie ihm etwas auf den Handrücken. Lieber Himmel, war das peinlich. Er hätte in diesem Augenblick auch Maschinenöl gekauft, um bloß schnell wieder aus dem Laden rauszukommen. Als er jedoch kurz daran schnupperte, überfiel ihn förmlich eine sehr verwirrende Erinnerung. Fast hätte er aufgestöhnt. Das mußte es gewesen sein!

»Packen Sie mir eine große Flasche ein«, kommandierte er forsch.

»Es ist ›Quelques Fleurs‹ von Houbigant«, sagte sie so stolz, als ob sie den Duft selber komponiert hätte. »Darf ich es hübsch verpacken? Vielleicht mit einer rosa Seidenrosette, weil es ja für eine junge Dame ist?«

Während er noch herumdruckste, kam die Frau vom Bäcker Fischer in die Tür gerauscht.

»Nicht nötig, danke«, sagte er schnell. »Wieviel kostet es?« Und er steckte die Packung wie ein Zauberkünstler blitzschnell in die Tasche. Der Preis kam ihm astronomisch vor. Für das Geld konnte man die Hühner ja eine Woche lang füttern. Nun, immerhin, das mußte man wohl oder übel zugeben: dieses Riechzeug war schon etwas wert. Und nun hatte er den fatalen Einkauf überstanden.

Die Prüfungen waren jedoch noch nicht beendet. Als er beschwingt seinen Einspänner ansteuerte, stand Hermann daneben.

»Na, altes Haus, was machst du denn heute in der Stadt? Ich denke, der Donnerstag ist dein Stadttag? Du bist doch ein Mann von Prinzipien, oder?«

»Manchmal wird deine Fürsorge lästig, Freund«, sagte Wilhelm möglichst mürrisch. »Ich hatte eben etwas zu erledigen.«

Hermann und er reichten sich die Hände. Da schnupperte der Freund, stutzte, schnupperte noch einmal, holte tief Luft und fragte: »Sag mir, Wilhelm Pluttkorten, parfümierst du dich neuerdings?«

Wilhelm wurde wieder rot. »Quatsch! Du kennst mich doch!«

»Schön, ich kenne dich, Aber ich habe, soviel ich weiß, meine fünf Sinne beisammen. Und einer davon ist der

Geruchssinn. Und der sagt mir, daß du wie ein ganzes Gewächshaus riechst, ja, daß sogar ich an der Hand wie ›Rose mit Lilie‹ dufte. Wilhelm! Mann! Was ist passiert?!«
»Was soll denn passiert sein?« murrte Wilhelm. »Gefällt dir der Duft etwa nicht?«
»Das steht doch gar nicht zur Debatte . . .«
»Das steht sehr wohl zur Debatte. Es ist nämlich so, daß ich diesen Duft verschenken will. An eine junge Dame. Genau gesagt: an deine Schwester, weil wir da neulich . . . also, ich weiß nicht, ob sie dir davon erzählt hat . . . also, ich konnte wirklich nichts dafür, das kannst du mir glauben, ich schwöre es bei meinem Apfelschimmel Rudolf, weil sie sich aber so furchtbar erschrocken hat und nachher wohl auch ein bißchen vor mir gefürchtet« — hier konnte er sich ein selbstgefälliges Lächeln nicht verkneifen, und auch Hermann lächelte, wenn auch aus ganz anderem Grunde — »deshalb wollte ich ihr ein Parfüm schicken. Als Entschuldigung. Schließlich weiß ich, was sich gehört. Bin doch kein grober Klotz.«
Hermann wiegte den Kopf. »Wie du meinst, altes Haus.«
Wilhelm hatte einen blendenden Einfall. »Weißt du was? Du kannst deiner Schwester das Zeug gleich mitnehmen. Mit der Bitte um Entschuldigung, die ich ihr zu Füßen lege. Dann haben wir es hinter uns.«
Hermann sagte bloß: »Du hast ja einen Knall.«
»Wieso? Da will man sich als Kavalier benehmen, und dann muß man von seinem Freund hören, man hätte . . . nee, da komme ich nicht mehr mit.«
»Du mußt das Zeug selber abliefern. Und dich persönlich entschuldigen.«
»Ich möchte nicht übers Ziel hinausschießen.«
»Wilhelm!«
»Du nimmst es ihr mit, basta. Sonst schenk ich es Stine.«

45

»Deiner Magd? Was soll denn dieses Landei mit Parfüm? Du ahnst ja wohl, wonach Stine duftet?«

Wilhelm sah seinen Freund treuherzig bittend an. »Hermann, du weißt doch, wie schwer mir die ganze Sache fällt. Steh mir ein bißchen zur Seite, bitte.« Und er hatte schon geschickt das kleine Päckchen in Hermanns Tasche praktiziert. Der mußte lachen. »Hau bloß ab«, sagte er, »ehe ich es mir wieder anders überlege. Ich werde Amélie sagen, du wärst zerknirscht und bätest inständig um ihre geneigte Entschuldigung.«

»Sag, was du willst. Bis übermorgen!« rief Wilhelm, und weg war er, als ob es ein Trabrennen zu gewinnen gäbe. Hermann erledigte seine Geschäfte in höchster Eile. Er konnte es gar nicht abwarten, Amélies Gesicht zu sehen, wenn er ihr das Parfüm übergab.

In der Tat war die Wirkung frappierend. Sein Schwesterchen errötete über und über, drückte das Flakon ans Herz, verdrehte die Augen gen Himmel und benahm sich auf der ganzen Linie wie ein Hollywood-Sternchen bei einer Liebeserklärung.

Nun, wenn man Wilhelm kannte, mußte man zugeben, daß es eine Art Liebeserklärung war. Wenn er es selber wohl auch nicht wußte.

Hermann strich Amélie zärtlich über die dunklen Haare. »Laß Fräulein Wendevogel das gar nicht erst sehen«, riet er. »Du hast dich in Wilhelm verliebt, nicht wahr?«

Sie senkte den Kopf und sagte ganz leise: »Ja. Hermann, es ist schrecklich.«

»Dann müssen wir etwas unternehmen, damit es nicht so schrecklich bleibt . . . Laß uns mal beide gut nachdenken. Es paßt doch herrlich, daß Fräulein Wendevogel morgen für ein paar Tage zu ihrer alten Tante reist. Wir sind doch beide schließlich nicht aus Dummsdorf.«

»Aber er macht sich nichts aus Frauen, Hermann.«

Der lachte dröhnend. »Da bin ich aber ganz anderer Meinung, Amélie. Er macht sich zuviel aus ihnen. Angst hat er. Angst davor, daß er untergeht in seinen Gefühlen. Daß er sich selbst verlieren könnte, wenn ein zierlicher Pantoffel in sein Leben tritt.«

In ihren Augen waren Sonne und Regen gleichzeitig. Sie seufzte: »Wenn es doch so wäre! Jetzt wollen wir nachdenken.«

Ihr Plan war abenteuerlich. Doch er versprach Erfolg, weil er genau auf das Wesen Wilhelm v. Pluttkortens zugeschnitten war . . .

Es begann damit, daß Hermann Ritter bereits am nächsten Tag auf Pluttkorten einritt, Jupp seinen Fuchs übergab und in Wilhelms v. Pluttkortens Herrenzimmer trat, wo der Herr des Hauses mit finsterer Miene über Papieren und Rechnungen brütete. Er war nun einmal kein Schreibtischmensch.

Er liebte sein Land, sein Vieh, besonders seinen Apfelschimmel Rudolf, die sanfte Sommerluft und den prikkelnd frischen Wind, der über die Felder strich. Er liebte seine Freiheit, seine Gemütlichkeit . . . und neuerdings war da noch ein Gefühl, das noch viel stärker war, und das doch eigentlich in diese Schublade gehörte. Wenn er an die ›Erste Hilfe‹ dachte, an die zarte Wölbung unter seiner Hand, an den Himbeermund und die strahlenden Augen, an ihren Duft aus Haut und Blüten, an alles, das in dieser Nacht auf sein unvorbereitetes Gemüt eingestürmt war, begann es unter seinen Haaren zu kribbeln. Die Kopfhaut zog sich ihm in wohligen Schauern zusammen. Und er fühlte, daß sein Herz schwer und merkwürdig heiß in der Brust lag. Zu dumm, dachte er. Da laufe ich alter Trottel an den wahren Schönheiten des Lebens

47

vorbei, bis das Schicksal sie mir direkt vor die Nase legt. Ein Engel kreuzt meinen Weg, und ich benehme mich wie ein Teufel. Ach, noch nicht einmal. Ich benehme mich wie die Axt im Walde. Küsse das süße Mädchen und laufe einfach weg. Was soll sie davon halten? Sie kann mich nur verachten.

Amélie! Er ritzte in Gedanken ihren Namen mit der Spitze seines Hirschfängers in die dicke Eichenplatte und war dann erschüttert, daß es sich nicht wieder wegwischen ließ . . .

Nicht wegwischen. Das war es. Diese Nacht ließ sich nicht einfach wegwischen, wie er so manches einfach aus seinem Gedächtnis löschte, was ihm nicht paßte. Diese Nacht . . . dieses Gesicht, diese Stimme. Alles, alles hatte sich in sein Herz hineingefressen, hatte sich in ihm verkapselt, und nun drückte es in seinem Innern, bohrte, süß, schwer, daß seine Gedanken zu wirbeln begannen.

Amélie. Ich kannte sie doch schon immer, als Kind bereits. Mein Gott, sollte ich plötzlich verliebt sein?! Auf einmal, so urgewaltig, daß ich alle vernünftigen Sinne verliere? Kann man, wie nach einem Blitzschlag, einen bekannten Menschen auf einmal so lieben, daß man nicht mehr von ihm loskommt? Nun, Amélie ist Hermanns Schwester. Ich würde mich bis auf die Knochen blamieren, wenn ich ihm meine Verfassung gestünde. Niemand kennt doch besser als er die markigen Sprüche, die ich über »Weiber« abgegeben habe. Seine Ohren wurden rot, als er an den Ausspruch dachte: »Eine edle Rassestute ist mir lieber als die hübscheste Frau«, oder so ähnlich. Himmel, wenn Hermann das ausplauderte! Nicht zu ertragen! Nein, er durfte sich jetzt keine Blöße geben. Schon die Sache mit dem Par-

48

füm war verrückt gewesen. Amélie war überdies auch viel zu jung, zu zart und fein für den groben Klotz, der er nun einmal war.

Die Zeit wird es lindern. Und auf keinen Fall lasse ich mich in der nächsten Zeit bei den Ritters blicken. Am besten verreise ich für eine Woche, wenn ich Waak alles aufgetragen habe, was zu machen ist, hatte Wilhelm gerade gedacht, als Hermann eintrat.

»Was machst du denn hier?« bruddelte Wilhelm entsprechend unfreundlich.

»Ich wollte dir nur kurz berichten, was Amélie zu dem Parfüm gesagt hat.«

»Hättest du das nicht am Telefon tun können? Ich habe zu arbeiten.«

»Dann gehe ich eben wieder.«

»Unsinn. Setz dich schon hin. Was . . . nun, was hat sie gesagt?«

Hermann rieb genüßlich die Handflächen aneinander.

»Offen gestanden: Sie hat gar nichts gesagt.«

»Na wenn schon!«

»Aber gelächelt hat sie . . . tscha, so eine Mischung aus Mona Lisa und Frommer Helene, wenn du dir das vorstellen kannst.«

»Sie hat also gelächelt?« Wilhelm verbiß sich mit Mühe sein eigenes Lächeln, das bestimmt furchtbar töricht ausgefallen wäre. Gut, daß er sich nichts vergeben hatte, denn Hermann fuhr fort: »Dann hat sie . . . du kennst doch die Truhe auf der Diele? Dann hat sie die unterste Schublade aufgezogen, dein Päckchen hineingepfeffert und sie wieder zugeknallt.«

»So, so.«

»Dann ist sie abgerauscht.«

»Gesagt hat sie nichts?«

49

»Nein. Eigentlich nicht.«

»Und uneigentlich?«

»Wilhelm, ich kann mich nicht dafür verbürgen, aber mir war so, als ob sie ›Trottel‹ gemurmelt hätte. Kann jedoch auch ›Lotte‹ geheißen haben.«

»Kennt sie denn eine Lotte?«

»Nicht daß ich wüßte. Aber wer kennt sich schon bei den Frauen aus. Du weißt ja, dir ist eine Rassestute auch lieber als die hübscheste Frau.«

»Jetzt langt es«, schrie Wilhelm. »Komm hier gefälligst nicht wieder reingeschneit, wenn ich mitten in der schönsten Arbeit bin, verstehst du mich?«

Hermanns Blick fiel auf die Schreibtischplatte und blieb an dem Wörtchen »Amélie« hängen. Wilhelm schielte schräg hoch, ob sein Freund wohl etwas gesehen hatte. Schnell deckte er einen Bogen Papier über das verräterische Wort. Hermann war aber schon klirrend auf dem Wege nach draußen.

»Ich komme wieder, wenn du bessere Laune hast«, rief er über die Schulter zurück.

In der Tat hatte sein Besuch nicht in erster Linie seinem Freund Wilhelm persönlich gegolten. Er hatte vielmehr bereits zwei interessante Gespräche geführt. Eins mit dem Musterdiener Karl, und eins mit der Magd Trine. Beide Male hatte ein Geldschein den Besitzer gewechselt. Trine hatte einige Knickse gemacht. Karl hatte das Geld ungerührt weggesteckt, jedoch in Anbetracht der Höhe der Summe seine Mithilfe zugesichert. Der »Plan Wilhelm« konnte anlaufen.

Beinahe wäre noch alles schiefgegangen, weil Amélie kalte Füße bekam. Aber die liebenswürdige brüderliche Frage »Willst du den Pluttkorten nun im eigenen Saft garkochen oder nicht?« hatte sie neu beflügelt.

50

»Hoffentlich verderben wir nicht alles«, gab sie noch zaghaft zu bedenken.

»Glaube mir, Amélie, ich kenne den Burschen. Der braucht feste Reithilfen, wenn er richtig über den Parcours gehen soll«, grinste ihr lieber Bruder kaltschnäuzig. »Du darfst jetzt nicht kneifen, so kurz vor dem Ziel.« Sie seufzte. »Gut, ich tue es!«

»So ist es recht. Komm her, laß dich noch dreimal anspucken, das bringt Glück. Toi, toi, toi.«

Das Treffen fand im Dorf Pluttkorten statt, in dem Stines Eltern ein nettes Häuschen bewohnten, mit einem kleinen Garten, einem Hühnerhof, Kaninchenställen, Schweinekoben und zwei stinkenden Ziegen, die am Weg angepflockt waren und das Gras dort kreisrund abfraßen.

Die Familie besaß auch einen Acker, und ansonsten bezog sie ihre Nahrungsmittel als »Deputat« vom Gutsherrn, für den alle Mitglieder auch samt und sonders arbeiteten. Stine war die vierte von fünf Töchtern. Ein Junge war Vater Aurich nicht beschieden gewesen.

Mutter Aurich schüttelte wiederholt den Kopf. »Hoffentlich wird unsere Stine nu aber auch nicht rausgeschmissen«, jammerte sie. »Der Herr wird vielleicht sehr wütend werden. Schon sein Vater wurde manchmal furchtbar wütend.«

Amélie selber war sich da auch gar nicht sicher. Doch sie bemühte sich um eine überzeugend gelassene Miene und beruhigte die Frau: »Aber gewiß nicht, Frau Aurich. Es geht ja nur um einen Spaß, den mein Bruder und ich vorhaben, und über den wird der Baron sicher sehr lachen.« Als sie sah, daß die Frau immer noch zweifelte, setzte sie hinzu: »Eine Geburtstagsüberraschung!« Das war zwar nicht ganz wahrheitsliebend, aber schließlich

51

sollte Wilhelm v. Pluttkorten sich danach doch wie neugeboren fühlen.

Plötzlich kriegte jedoch die Hauptperson kalte Füße. »Nee, ich tu's nicht!«, schrie Stine. »Ich hab solche Angst vor dem Herrn Baron!«

Am liebsten hätte Amélie gesagt: »Ich auch. Und ich tu's auch nicht.« Doch alles hatte im Leben seinen Preis. Hier mußte vorher gezahlt werden.

»Sie haben schon Geld angenommen«, sagte sie fest.

»Das gebe ich zurück«, heulte Stine.

»Jawohl, das gibt sie zurück«, fiel Mutter Aurich ein wie ein Mitglied im Chor eines griechischen Dramas.

Amélie überlegte. Das Mädchen hatte wirklich Angst, die Mutter sorgte sich zu Recht um den Arbeitsplatz. Ein Zurück gab es jedoch nicht mehr. Hermann hatte inzwischen per Telefon auch noch den Verwalter Waak eingeweiht. Wußte der Himmel, wie er den rumgekriegt hatte. Jedenfalls war es eine Tatsache, daß Waak am Telefon wundervoll hören konnte. Da brauchte man nicht zu brüllen. Sein Gehörorgan schien geradezu auf Fernsprechmitteilungen programmiert zu sein. Er hatte zugesagt: »Beide Augen drück ich zu, weil ich weiß, daß sie Herrn Baron nie und nimmer etwas Böses antun würden, Herr Ritter.« Ins Telefon sprach Waak auch mit ganz normaler Lautstärke, während er sonst zu bölken pflegte wie eine Posaune von Jericho.

Amélie besann sich darauf, wie Fräulein Wendevogel sie meistens herumkriegte, wenn sie sich gegen irgend etwas auflehnen wollte. Sie reckte sich ein bißchen, was allerdings nicht viel hergab, denn Stine war größer und breiter als sie. Dann sah sie Stine fest in die Augen und senkte die Stimme ein wenig. Vor allem kam es darauf an, hart und energisch zu reden.

»Stine, jetzt hören Sie mir einmal zu. Und Sie auch, Frau Aurich. Hat der Baron Sie schon einmal angesehen? Der weiß doch gar nicht wirklich, wie Sie ausschauen. Er wird Sie nicht vermissen, glauben Sie mir. Sie sollen mir nur Ihre Kleidung leihen und sich für einen oder höchstens zwei Tage vom Herrenhaus fernhalten. Herr Waak ist damit einverstanden. Auch Herr Franz wird keine Schwierigkeiten machen. Sie geben mir jetzt Rock und Bluse und Schürze und was Sie sonst tragen. Und sagen mir, was ich an Ihrer Stelle zu tun habe.«

Hier grinste Stine entzückt. »Das können Sie gar nicht«, sagte sie.

»Nun, ich werde mir jedenfalls Mühe geben. Damit Ihnen das Opfer ein bißchen versüßt wird, mache ich noch einen Vorschlag. Sie haben doch den Jupp gern!?«

»Hm. Ja. Schon!« Stine wurde der reinste Klatschmohn.

»Und er kann sich nicht so recht entschließen?«

»Er guckt nach anderen.«

»Wenn Sie mitspielen und mich an Ihrer Stelle die Magd sein lassen, bekommen Sie von mir eine ganze Aussteuer.«

»Ooooch!«

»Ich werde auch mit Jupp sprechen und ihm ins Gewissen reden. Außerdem hilft eine Aussteuer ein bißchen, dann fällt ihm der Start ins Glück leichter. Und ihr haltet beide den Mund. Sie natürlich auch, Frau Aurich. Weiß Ihr Mann davon?«

»Iwo! Männer sollen alles essen, aber nicht alles wissen. Ein oller Bruddelkopp, wissen Sie?« raunte sie vertraulich.

»Also gut, fangen wir an«, entschied Amélie.

Sie zog Sachen von Stine an. Alles war zu weit, ließ sich jedoch mit Hilfe der Schürze ganz geschickt in Form bringen. Ein wenig lang waren die Sachen für sie. »Treten Sie sich man ja nicht auf die Schlippen, gnädiges Fräulein«, mahnte Mutter Aurich deshalb noch.

Die eigenen Schuhe mußte Amélie anbehalten, denn Stines Treter waren ihr mehrere Nummern zu groß und selbst über dicken Socken schluppten sie bei jedem Schritt wie bei einem Clown. Stine, das Dorfkind, lachte denn auch Tränen, als Amélie ihre vergeblichen Gehversuche darin machte.

Schließlich war Amélie echt herausgeputzt. Was sie nicht wußte, weil es im Hause Aurich keinen großen Spiegel gab: Sie sah allerliebst in Stines Sachen aus.

Sie ließ sich noch ein dickes, gehäkeltes Tuch mitgeben gegen die Kühle der Abende, und radelte zum Gutshof. Als erstes mußte sie in einer Art großem Bullerofen die Schweinekartoffeln kochen und sie danach mitsamt den Schalen mit einem riesigen Stampfer zerkleinern. Ihr war klar, daß sie einen schrecklichen Muskelkater bekommen würde. Aber Opfer müssen gebracht werden, sagte sie sich. Das Ziel ist lohnend.

In der Satteltasche vom Fahrrad hatte sie ihr »Quelques Fleurs« mitgebracht. Es spielte in ihrem Plan eine wesentliche Rolle. Wilhelm war, wie viele Menschen auf dem Lande, die noch unverbildeter reagierten als Stadtbewohner, ein ausgesprochenes »Nasentier«. Tabak und Leder waren »männlich«, Petroleumgestank »heimelig«, Pferde rochen »warm«, Schweine und selbst Misthaufen stanken »gesund«. Mit Gerüchen hingen jeweils Gefühle zusammen. Hermann und Amélie bauten darauf, daß sich auch mit diesem Parfüm bei Wilhelm schon eine gewisse Stimmung auslösen ließ. Also versprengte das mutige Mädchen ihren Duft, wo es ging und stand. Auch Franz war sich nicht zu schade, in Wilhelms Herrenzimmer ein duftgetränktes Taschentuch zu plazieren. Als die neue »Stine« Grünzeug aus dem Garten in die Küche bringen mußte, versäumte sie nicht, neben dem Duft von Dill, Liebstöckel und Petersilie auch einen kräftigen Schuß »Houbigant«-Parfüm zurückzulassen.

Einmal kam Wilhelm an den Ställen in ihrer Nähe vorbei. Ihr Herz schlug wie ein Hammer. Am liebsten wäre sie fortgelaufen, doch das hätte wohl alles verraten. So verharrte sie still, während er in einiger Entfernung vorüberstapfte, ohne nach links und rechts zu sehen. Doch täuschte sie sich? Oder stimmte es? Schnüffelte er nicht so komisch? Krauste die Nase, runzelte die Stirn und schnüffelte? Oder bildete sie sich das nur ein? Die Entfernung war ja noch erheblich.

So oder so — am Abend mußte sie die Stätte erfolglos verlassen. Sie radelte heim. Jeder Knochen tat ihr weh. Wenn man an Landarbeit nicht gewöhnt war, strengte sie teuflisch an. Obwohl Amélie, wie alle Kinder, früher durchaus zum Spaß bei der Ernte und im Stall geholfen hatte und im allgemeinen wußte, was zu tun war.

Sie nahm ein Bad, hüllte sich in ihren seidenen Hausmantel und sank in ihren Lieblingssessel. »Ich gehe morgen nicht wieder hin. Das ist der beste Mann nicht wert«, stöhnte sie.

Hermann sagte: »Das fehlte noch. Nein, Amélie, jetzt wird die Flinte nicht ins Korn geworfen. Wenn du nicht gehst, ziehe ich Stines Sachen an. Ehrenwort.«

Amélie lachte laut auf. »Paß bloß auf, daß er sich dann nicht in dich verliebt!«

»Na, siehst du! Du machst doch weiter, Püppi, ja?«

Wenn er »Püppi« sagte, wollte er ihr stets etwas abschmeicheln. Das war schon bei dem Knaben Hermann so gewesen.

»Natürlich mache ich weiter. Du, manchmal glaube ich, daß du mich loswerden willst. Dann bist du der Verantwortung ledig.«

»Mit Zwanzig sollte eine junge Dame unter der Haube sein. Verantwortung hin und her. Außerdem kenne ich Wilhelm Pluttkorten und weiß, daß er im Grunde ein feiner Kerl ist. Du wirst ihn dir schon mit weiblicher List zurechtbiegen. Ein bißchen Anleitung aus fester Hand könnte dir übrigens auch gar nicht schaden, Schwesterherz.«

Sie lehnte den Kopf anmutig an die hohe Lehne des tiefen Sessels. »Ihr Männer seid schon eine Bagage. Doch eine alte Jungfer möchte ich wirklich nicht werden. Morgen wird auf Pluttkorten Kartoffelmehl gemacht. Nachmittags kommen auch Frauen aus dem Dorf zum Helfen. Das kann ja gut werden.«

»Ein Grund mehr, sich ranzuhalten, Amélie«, erklärte Hermann so richtig männlich und stieß aus seiner Havanna eine Rauchwolke wie ein mittlerer Vesuv.

Am nächsten Morgen mußte sie zuerst mit einem großen Reisigbesen die Gänge in den Stallungen ausfegen. Und da geschah es schon. Sie war gerade an Rudolf herangetreten und legte ihm die Hand weich über das Maul. Der Apfelschimmel sah sie aus sanften Augen an. Eigentlich war er ziemlich bissig, doch diese Person gefiel ihm. Sie konnte mit schwierigen Pferden umgehen. Er bewegte den Kopf, daß es aussah, als nicke er beifällig.

Die Knechte waren schon bei der Kartoffelernte auf dem Felde. Als sie Schritte hörte, wußte sie sofort: Das war er! Wilhelm v. Pluttkorten. Ihr Herz raste los, viel schlimmer als auf der Kleewiese. »Nanu, Stine, seit wann traust du dich denn an Rudolf heran?« fragte der Mann, und Amélie zitterte, als sie seine Stimme hörte. Sie wandte sich schnell ab und murmelte etwas, das ein wohlwollender Mensch als »Morg'n« auslegen konnte.

Wilhelm war in keiner besonders guten Verfassung. Es ließ sich nicht leugnen: Der Parfümgeruch verschwand nicht auf Pluttkorten. Er wurde heimlich erneuert, das war klar. Und Franz behauptete steif und fest, er suche verzweifelt nach dem »Attentäter«, doch er könne keinen entdecken. Auch Jupp habe erfolglos Wache gestanden. An diesem Morgen war Wilhelm fluchend aus dem Bett gesprungen. Er hatte geträumt, die Knechte zögen statt mit Jauchewagen mit Riesenflaschen voller Parfüm über die Felder. Er zog sich an, trat in die frische, kühle Morgenluft hinaus und reckte sich gegen den wundervoll reinen Wind, der vom noch schlafenden Wald herüberwehte.

Es war sehr kühl, aber er liebte diese klaren Tage im Herbst, von denen jetzt einer heraufzog. Die Hände in den Taschen, stapfte er zu den im Dämmern liegenden Ställen hinüber. Er wollte eigentlich im Kuhstall kontrollieren, ob die Hütejungen auf dem Posten waren. Sie schliefen in einer Kammer gleich nebenan. Das heißt, dort sollten sie schlafen, aber Wilhelm wußte, daß sie es mit der nächtlichen Aufsichtspflicht nicht allzu genau nahmen.

Da hörte er auf der anderen Seite ein Rascheln. Machte sich jemand an seine Pferde heran? Jemand war im Stall! Leise und vorsichtig auftretend ging er in die Richtung, aus der das Geräusch gekommen war. Er verhielt den Schritt und drückte sich in eine dunkle Ecke. Zur gleichen Zeit wehte ein überaus dichter Parfümgeruch zu ihm hin. Keine Frage, es war der Duft, der ihm so sonderbar zusetzte. Und dann sah er Stine, die seinem Hengst, der sich von niemandem außer von ihm und

Jupp anfassen ließ, die Hand aufs Maul legte. Ich träume ja wohl, dachte er. Dies kann nur die Fortsetzung der Geschichte mit den Jauchewagen sein, die gar keine waren. Und Stine wirkt doch auch anders als sonst. Natürlich. Niemals ist das Stine.

Jetzt drehte sich das Mädchen so, daß durch das kleine, hohe Fenster ein wenig Morgenlicht auf sein Gesicht fiel. Wilhelm griff automatisch hinter sich an die Wand, um sich abzustützen.

Das war doch . . . nein, ich träume nicht! Das ist Amélie Ritter. Wie auch immer sie hierherkommen mag. Sie ist es.

Er schlich ein paar Schritte zurück und näherte sich noch einmal recht vernehmlich.

»Nanu, Stine«, rief er, »seit wann traust du dich denn an Rudolf heran?«

Sie zuckte zusammen. Er lächelte grimmig. Als sie irgend etwas murmelte, das wohl »Guten Morgen« heißen sollte, rief er streng: »Stine, komm mal her zu mir!«

Sie schlurfte zögernd näher.

»Sag mal, bist du das, die hier so gräßlich stinkt wie ein ganzer Blumenladen?« fragte er drohend.

Sie nickte stumm.

»Von wem hast du es denn? Das Zeug ist doch bestimmt teuer. Hat Jupp dir das etwa geschenkt?«

Sie nickte wieder.

»Kannst du nicht reden?«

»Doch.«

»Na also. Weißt du auch, daß Jupp mit den Mädels ein Schlawiner ist? Hm?«

»Ja, Herr Baron.«

»Und dir ist das egal, wie? Du bist doch hoffentlich kein loses Frauenzimmer?«

»Nein, Herr Baron.«

»Soll ich vielleicht mal ein Wort für dich bei ihm einlegen? Du siehst doch nett aus, worauf wartet der Dummkopf noch?« Er hob mit der rechten Hand ihr Gesichtchen an, das nun völlig ratlos wirkte. Am liebsten hätte er laut herausgelacht. Er fühlte sich so sieghaft, gar nicht schüchtern, nein, einfach herrlich.

Sie wollte zurückzucken, doch mit dem linken Arm umschlang er sie leicht und zog sie noch näher an sich. Dann beugte er sein Gesicht zu ihrem glühenden Gesicht hinunter. Er konnte ein leichtes Stöhnen nicht unterdrücken. Da war er wieder, der süße Himbeermund, den er neulich schon gekostet hatte.

»In der Tat, recht hübsch«, murmelte er. »Ich wußte ja gar nicht, welchen Schatz ich hier auf dem Hof beschäftige. Du bist eine richtige Schönheit, weißt du das? Da sieht man es wieder: Morgenstunde hat Gold im Munde. Wäre ich jetzt nicht so früh aufgestanden, hätte ich dich vielleicht nie entdeckt, nicht diese ängstlichen Blicke aus Sternenaugen, und nicht diesen Himbeermund. Jupp ist zu beneiden.«

Mit einer kraftvollen Bewegung zog er Amélie ganz eng an sich. Sie hing wie ohnmächtig in seinen Armen. Und jetzt schloß sie sogar die Augen. Er preßte seine Lippen fest auf ihren Mund. Und diesmal hörte er nicht gleich auf, kostete und genoß und kostete wieder, bis auch ihre Lippen nachgaben.

Als er sie endlich losließ, gab er ihr einen kleinen Klaps und sagte: »So, Stine, jetzt aber an die Arbeit! Wir können nicht den ganzen Morgen vertrödeln. Sei morgen ungefähr um dieselbe Zeit wieder hier.« Das letzte mußte er schon rufen. Sie lief, als werde sie von Furien gejagt. Wilhelm schmunzelte in sich hinein, obwohl er nicht leugnen konnte, daß sein Puls raste wie nach einem Geländelauf mit vollem Gepäck.

Amélie war einfach in den Park gerannt. Jetzt kam es darauf auch schon nicht mehr an. Sie preßte die Stirn an einen Eichenstamm und schluchzte ratlos. War sie nun glücklich? Oh nein! Er hatte sie geküßt. Aber er hatte sie gar nicht erkannt! War das denn möglich? Gewiß, Kleider machten Leute. Doch war's in höchstem Maße unwahrscheinlich, daß auf diese Entfernung − und hier überrieselte es sie schon wieder heiß − jemand ein bekanntes Gesicht nicht erkennen sollte. Selbst wenn man zugestand, daß es noch nicht ganz hell gewesen war.

Das ließ eigentlich nur einen Schluß zu. Sie alle hatten sich in Wilhelm v. Pluttkorten getäuscht. Er war gar kein Einzelgänger. Nein, er war ein Wüstling! Jawohl! Er küßte immer gleich drauflos, guckte sich die Frauen gar nicht richtig an, hatte wahrscheinlich einen ganzen Harem und nahm jede Gelegenheit wahr, die sich ihm bot. Hatte er ihr nicht neulich heuchlerisch die Hand in den Ausschnitt . . . oh, daran durfte sie gar nicht denken! Er hatte so getan, als leiste er »Erste Hilfe«. Und ich Schaf habe es geglaubt. Habe mich heute nicht gewehrt, als ich merkte, daß es schief lief. Denn eigentlich sollte er bis dahin durch meine Parfümversprengerei so weichgekocht sein, daß er mir auf der Stelle einen Heiratsantrag gemacht hätte. Ja, Pustekuchen!

Alles hätte ich für möglich gehalten. Daß er weggelaufen wäre, hätte mich nicht gewundert, sinnierte sie. Aber er ist ja ein Draufgänger! Und ich habe mich als Stine von ihm küssen lassen. Ist das zu fassen?!

Wie sollte sie Stine überhaupt wieder in die Augen sehen? Die würde sich schön wundern, wenn der Herr Baron sie plötzlich in die Arme riß. Der merkt gewiß gar keinen Unterschied, dachte Amélie ungerecht. Vielleicht geht dann auch noch die Sache zwischen Stine und Jupp schief. Und ich habe schuld daran, weil ich Schicksal spielen wollte. Hermann hat auch eine Menge Schuld. Der hat es mir doch eingeschnackt. Ach, ich bin traurig. Unglücklich. Wütend. Ich werde nach Hause radeln und nie, nie wieder einen Fuß auf Pluttkorten setzen.

Hermann wiegte das Haupt, als seine Schwester ihm andeutungsweise von dem Fiasko berichtete. Sie ließ den delikaten Kuß nicht ganz weg, machte aber ein flüchtiges Küßchen daraus. Unmöglich konnte sie gestehen, daß sie als Stine zurückgeküßt hatte. Das schickte sich nun wirklich nicht.

»Ich werde mal bei ihm anrufen und die Lage sondieren«, versprach Hermann. »Weißt du, Schwesterherz, irgend was stimmt da nicht. Ich würde ja sagen, Wilhelm hätte sich verstellt, um uns für unsere List zu bestrafen. Aber so raffiniert ist der alte Knabe einfach nicht.« Und so beharrte er auf seinem Vorurteil und wußte gar nicht, wie dicht an der Wahrheit er soeben gewesen war.

Sein Anruf erbrachte jedoch gar nichts. Franz meldete sich und erkärte vornehm durch die Nase, der Herr Baron sei fortgefahren. Er komme erst morgen wieder zurück.

»Wohin ist er denn?« fragte Hermann, und erwartete nach dem ordentlichen Bestechungsgeld eine gewisse Kumpanei. Aber Franz säuselte nur: »Leider kann ich keine weitere Auskunft geben, dieweil ich selber gar nichts weiß.«

Ein mieser Bursche. Hermann war sauer. Das würde er dem Franz noch heimzahlen. Es gab keinen Diener, der nicht alles wußte. Und Franz im besonderen, der wußte noch mehr als alles. Der hörte das Gras wachsen.

»Er ist fortgefahren«, meldete Hermann seiner Schwester.

»Mir ist das egal. Vielleicht besucht er seine Freundinnen in der Stadt. Ich sehe ihn ohnehin nie wieder«, sagte sie und unterdrückte ein Schluchzen, mit dem sie andauernd zu kämpfen hatte. Vermasselt! Alles vermasselt! Warum hatte sie nicht züchtig gewartet, wie es sich gehörte für eine junge Dame? Im Internat war ihnen das immer wieder gepredigt worden: Ein wohlerzogenes Mädchen tut nie den ersten Schritt, auch nicht den zweiten oder dritten. Sie tut überhaupt nichts außer: süß aussehen und hilflos wirken. Nun hatte sie die Quittung. Das Ei wollte klüger sein als die Henne.

Hermann tätschelte ihr kurz die Hand. »Du willst ihn also nie wiedersehen? Aha! Hör mal, Amélie, mitten im Fluß wechselt man nicht die Pferde, und mitten in einer Aktion gibt man nicht auf, verändert die Taktik auch nicht grundsätzlich, paßt sie höchstens den Gegebenheiten etwas besser an. Uff. Ich habe jetzt wirklich zu tun. Dein Wilhelm kostet mich einfach zuviel Zeit.«

»Mein Wilhelm! Das ist ja der reinste Hohn!«

»Gar nicht. Du gehst natürlich morgen wieder hin. Er hatte dich doch bestellt.«

»Er hatte Stine bestellt.«

»Richtig. Und als Stine gehst du auch zum Rendezvous.«

»Ich denke nicht daran.«

»Selbstverständlich gehst du.«

»Ich gehe nicht. Auf keinen Fall. Ich wette mit dir um mein Briefmarkenalbum.«

»Behalt es lieber, Amélie. Ich weiß, daß du hingehen wirst.«

»Nie, nie, nie! Hörst du!«

In dieser Nacht lagen beide Geschwister Ritter lange wach. Ihre Gedanken kreisten um dasselbe Thema.

Hermann dachte: Etwas ist faul an der Geschichte. Selbstverständlich hat Wilhelm Amélie erkannt. Er mag schüchtern sein den Frauen gegenüber, auch hilflos und ängstlich, weil sie für ihn gefährliche Nixen sind, die einem Mann den Sinn verwirren und den Verstand rauben. Aber Wilhelm ist kein Trottel. Und er kann auch in der Dämmerung sehr gut sehen. Also muß ich davon ausgehen, daß Wilhelm weiß, wer da in seinem Stall in Stines Rolle mit einer Duftwolke unterwegs war. Ich habe gesagt, er sei nicht raffiniert und könne sich nicht verstellen. Aber in jedem Mann steckt auch noch der Knabe, der wilde Spiele liebt. In gewisser Weise hatte ich ihm ein Spiel angeboten. Amélie war der Einsatz. Ein Spiel unter Freunden. Wollte Wilhelm mir zu verstehen geben, daß er nicht daran dachte, den Einsatz anzunehmen?

Ja, so konnte es gewesen sein. Wilhelm, der seinen Freund Hermann doch genau kannte, hätte gleich gewußt, was hier gespielt werden sollte. Es wäre ja nicht der erste Streich gewesen, den sie einander gespielt hatten. Überrumpelungstaktik, kleine Manöver, Zug und Gegenzug. Und schließlich die Siegesfeier bei einer Flasche Klarem. Herzliches Auf-die-Schulter-Klopfen und rauhes Gelächter. Diesmal wollte Wilhelm eben nicht mitmachen. Sein Preis war ihm zu hoch. Lebenslang.

So hatte er dem Freund zu verstehen gegeben, daß er zwar niemanden kränken wollte, aber bei dem scherzhaften Angebot von seiner Rückzugsmöglichkeit Gebrauch machte. Er zeigte dieser »Stine« wohl, daß sie ihm grundsätzlich gefiel. Doch er mied die Konsequenzen und stellte sich dumm.

Hermann gab nicht gern auf. Gut, Wilhelm hatte sich

verleugnen lassen am Telefon. Oder war wirklich weggefahren? Doch es gab ein Sätzchen, an das Hermann Hoffnungen knüpfte. »Komm morgen wieder«, hatte Wilhelm zu Amélie gesagt. Und der wackere Pluttkorten war nicht der Mann, so etwas einfach in den Wind zu reden. Für ihn galt stets: Ein Mann, ein Wort. Es war also möglich, daß er die beiden Ritters nur ein bißchen ärgern wollte. Ich muß dafür sorgen, daß Amélie das Spiel zu Ende spielt, nahm Hermann sich vor. Dann schlief er wie ein Murmeltier.

Amélie dachte: Wilhelm Pluttkorten muß mich erkannt haben! Ich war nur zu verwirrt, es mir gleich klarzumachen. Natürlich sind Männer ganz, ganz anders als Frauen, fremde Wesen, die dunkle Stimmen und vielleicht auch dunkle Gedanken haben, die sich für rauhe, wilde Sachen begeistern und so stark sind, daß eine zarte Frau ihnen nur mit Hingabe und List begegnen kann.

Als er sie heiß geküßt hatte, war ihr das Kopftuch in den Nacken gerutscht. Und sein Gesicht, seine hellen Augen waren ja so dicht vor ihr gewesen. Es überrieselte sie wieder. Eine süße Schwäche breitete sich in ihrem Körper aus.

Doch dann dachte sie daran, wie er ihr lässig einen Klaps gegeben und sie weggeschickt hatte. Sie hielt es nicht mehr aus im Bett. Das Kopfkissen schien aus Feuer zu sein. So sprang sie auf und trat ans Fenster. Der Himmel war ganz klar. Eine Mondsichel schimmerte mild, Millionen Sterne funkelten. Ihr Blick ging auf den Hof hinaus, über den gerade eine getigerte Katze schlich. Dahinter wiegten sich die Obstbäume des großen Gartens im Wind. Ihr Herz wurde weit. Wenn ich ihn nur nicht so lieben würde, dachte sie, dann wäre alles halb so schlimm. Sie nagte an den Ecken ihres Taschentuches

und drückte den heißen Kopf an die kühle Fensterscheibe. Ich kann ihm doch nicht sagen, wie lieb ich ihn habe. Er würde mich auslachen. »Wilhelm« flüsterte sie. »Warum hast du das gemacht: mich einfach wegzuschikken. Wie eine dumme Göre. Als ob es mir so leichtgefallen wäre, die Rolle von Stine zu spielen. Ich bin ja vor Angst beinahe gestorben, als du in den Stall kamst!«
Allmählich überwog ihre Wut die Sehnsucht. Ha, er hatte sie erkannt, aber mit dem Kuß wollte er ihren Vorwitz bestrafen. Ha, wie er mich behandelt hat! Wie ein Stück Dreck! Wie Abfall, den man die Gosse entlang fegt! Er hat mich geküßt, mit einer wilden, bebenden Leidenschaft, aber nicht mich als Amélie Ritter, sondern als irgendeine, die er haben will. Das wollte er mir zu verstehen geben. Sie zerriß das Taschentuch und warf die Fetzen ins Zimmer.
»Wilhelm Pluttkorten«, sagte sie laut, »entweder ich knacke deinen Dickschädel, oder ich renne mir meinen ein. Das ist jetzt nicht mehr die Sache zwischen Hermann und dir. Nein, jetzt geht es ganz nach meinem Kopf . . . Und wenn ich dir bis ans Ende der Welt folgen muß, ich will wissen, warum du mich so behandelst.« Sie warf den Kopf in den Nacken, daß die dunklen Locken flogen.
Sie würde morgen pünktlich im Stall sein. Wie bestellt, dachte sie. Aber nicht in dieser albernen Verkleidung. Darauf konnte eigentlich auch nur ein Mann kommen. Nein, als Amélie Ritter werde ich dort sein, dann kann er sich nicht herausreden.
Wo hatte sie das nur gelesen?: »Haß ist die beste Liebe.« Jawohl. Eine Sternschnuppe fiel. Sie schloß die Augen, um sich schnell etwas zu wünschen.
»Hab mich lieb«, flüsterte sie, »hab mich lieb, Wilhelm. Bitte!!«

Auch der so von ferne Angeflehte fand keineswegs den ihm sonst so sicheren Schlaf. In seinen Schläfen hämmerte es. Er stellte sich die Szene im Stall zum hundertsten Male vor. Die nackten Beine, die unter dem gestreiften Rock hervorguckten. Schmale, rehhafte Fesseln und kleine Füße in derben Holzpantinen. Der schlanke, biegsame Körper mit den schönen Schultern. Wie sie gezittert hatte, als er sie im Arm hielt. Die braunen Haare, der zarte Teint, die braunen Augen und dieser Mund, der alles vergessen ließ. Ein Eisberg würde schmelzen in ihrer Nähe. Ein Engel in Holzpantinen!

Wilhelm war gar nicht erst ins Bett gegangen. Du lieber Himmel, ein neues Leben hatte sich für ihn eröffnet. Wer wollte da an Schlafen denken. Das konnte man immer noch.

Er schlug mit der flachen Hand auf den derben Schreibtisch und goß sich noch einen kräftigen Schluck Feuerwasser ein.

Vielleicht hatten Amélie und sein lieber Freund Hermann ihn auf die Rolle schieben wollen? Vielleicht wollten die beiden Racker einmal testen, was Wilhelm v. Pluttkorten an Widerstandskraft in seinem riesigen Körper hatte?

Gut möglich, daß es gar nicht ernst gemeint gewesen war. Doch jetzt hatte es ihn gepackt. Jetzt würde er kämpfen, wenn es nötig sein sollte. Die würden sich wundern!

Er lachte laut auf und feixte glücklich vor sich hin. Tscha, man sollte einen Pluttkorten nicht unterschätzen. Sie hatten ihn herausgefordert. Er hatte angenommen.

Sein Blick fiel auf die Stelle, an der er das Wörtchen »Amélie« mit seinem Hirschfänger eingeritzt hatte. Das Zauberwort. Den schönsten Namen der Welt. Der zum schönsten Mädchen der Welt gehörte. Oh, alle Aufregungen der Jagd waren doch gar nichts gegen dieses einmalige Erdbeben im Gemüt, das nun ja wohl, da machte er sich nichts vor, eindeutig Liebe war.

Probeweise murmelte er leise: »Amélie . . .« Wie das klang. »Amélie«, sagte er lauter. Und dann rief, brüllte, dröhnte er, daß es in dem riesigen Raum widerhallte: »Amélie!!!« Es war ungefähr der Augenblick, als Amélie Ritter ihre Wünsche der Sternschnuppe anvertraute.

Am Morgen erhob sie sich und kleidete sich sorgfältig an. In dem Pepitajackett über der weißen Seidenbluse zu grauen Reitbreeches sah sie aus wie ein hübscher Knabe. Man mußte mit dem Herzen denken, nicht nur mit dem Verstand, und das tat sie jetzt.

Sie ließ ihren Schecken satteln. Dann ritt sie aus dem Tor, den sandigen Weg durch die Felder entlang, wo sie jeden Zentimeter Boden kannte. Die Luft roch schon nach Herbst, ein wenig moderig, doch auch erdhaft kräftig. Vom Stoppelfeld gesellte sich der strenge Strohgeruch dazu. Und was stand dort am Rande der Wiese, über der noch der Morgennebel wie weißer Dampf wogte? Wahrhaftig: ein verspäteter Storch! Er machte einige gravitätische Schritte und flog davon, als sich Tier und Mensch in ihrer harmonischen Bewegung ihm näherten.

Trotz aller Aufregung mußte Amélie lachen. Ein Adebar! Hatte das nun eine Vorbedeutung? Wenn ja, dann . . . nun, sie errötete schon bei dem Gedanken.

Jetzt tauchten Roß und Reiterin in den Wald ein. Sie waren bereits auf Pluttkortenschem Gebiet. Und dann tauchte die breite Auffahrt zum Herrenhaus vor ihnen auf. Amélies Augen wurden riesengroß. Was war denn das?!

Das Herrenhaus war beflaggt. Das Geländer der breiten Freitreppe hoch, über den weiten Türbogen hinweg hin-

67

gen dicke Girlanden aus Tannengrün und allen Blumen, die um diese Zeit in den Gärten blühten: Rosen, Winterastern, Dahlien, Strohblumen und Judastaler.

Hinter allen Fenstern flackerten Kerzen, und unter ihnen bildeten kleine Girlanden anmutige Bögen.

Jetzt konnte Amélie auch erkennen, was auf dem Schild über dem Portal stand in großen, roten Lettern: »Willkommen!«

Auf dem gepflasterten, sorgfältig gefegten Hof war die Drei-Mann-Feuerwehrkapelle aufmarschiert und tutete tapfer:

»Kein Feuer, keine Kohle kann brennen so heiß, wie heimliche Liebe, von der niemand was weiß . . .« Außerdem schienen sämtliche Pluttkortener versammelt zu sein, alle feingemacht, mit Sträußen und Fähnchen in den Händen. Etwas verlegen standen sie herum und taten, als könnten sie Amélie Ritter nicht sehen.

Nur Jupp trat zu ihr hin und reichte ihr die Hand, um ihr beim Absitzen zu helfen.

»Wollen Sie auch jratulieren?« fragte er, so richtig kernig rheinische Frohnatur.

»W . . .wieso denn gratulieren?« stotterte Amélie.

»Wir heiraten doch!« strahlte Jupp.

»Sie und Stine?«

»Möglich. Aber der Herr Baron heiratet. Heute kommt dat Fräulein Braut an.«

Amélies Atem stockte. »Lassen Sie nur«, sagte sie, als Jupp ihren Schecken fortführen wollte. Die Dorfleute beobachteten die Szene ohne ein Zeichen von Anteilnahme. Amélie wollte sich gerade in den Sattel schwingen, da tauchte auf der Freitreppe Wilhelm von Pluttkorten auf. Wie gebannt verharrte sie, halb schwebend zwischen Erdboden und Pferderücken. Die Verzweiflung schwappte über ihr zusammen. Sie hatte ihn verspielt. Den Schuft! Den geliebten, geliebten Schuft!

Wilhelm v. Pluttkorten trug seinen Jagdanzug. Die Flinte hatte er locker in der Hand.

In der halben Nacht hatte auf Pluttkorten bereits eine fieberhafte Tätigkeit eingesetzt. Die Knechte mußten aus den Betten, ob sie auch fluchten und protestierten. Sie mußen den Hof blitzblank fegen, daß ja kein Schnipselchen mehr herumlag. Sie mußten eigens — und das war vor allem Jupps Arbeit, der wie ein Berserker fluchte — den Park durchholzen und alle krüppeligen Sträucher abhacken. Sogar in den Bäumen der Auffahrt mußten sie Girlanden anbringen, quer über die Zufahrt, von Baum zu Baum. Dann kam das Haus selbst dran, und überall war Wilhelm v. Pluttkorten selbst dabei, tauchte hier und da auf, feuerte an, gab Anweisungen, half selbst mit, wo es nötig war, kletterte höchstpersönlich auf die Bäume, um Girlanden zu spannen, erklomm gar die Vorderfront des Hauses und nagelte die Verzierungen an, während Franz sich vornehm mit dem Verbandskasten bereithielt. Für ihn war dieser Frühmorgen der Zusammenbruch einer Welt. Der Welt, in der er sich so gemütlich bewegt hatte. Er kannte seinen Herrn und wußte stets, was er gleich tun und was er auf jeden Fall lassen würde. Diesmal wußte er jedoch gar nichts mehr. »Wir bekommen eine Herrin auf Pluttkorten«, hatte sein Herr gesagt. Und das war kein Scherz gewesen! Theater war schon dabei, und nicht zu knapp. Doch im Kern mußte es stimmen. Diese grimmig entzückte Miene hatte er noch nie an seinem Brotgeber gesehen. Ja, dann war es aus mit der Herrlichkeit.

Jupp hieb mit verbissener Wut auf trockene Sträucher ein. Sein Herr hatte ihn vorhin bei einem Schlückchen

Korn erwischt, der, zugegebenermaßen, seinen Stammplatz dort gehabt hatte, wo eigentlich der Herr seinen Branntwein aufbewahrte. Da konnte er von Glück sagen, daß er nicht entlassen worden war, sondern nur einen Tritt an die Stelle bekommen hatte, auf der er eben noch so gemütlich sitzen konnte. Das machte Jupp plötzlich zum flottesten Arbeiter, den man sich nur denken konnte. Und auch seine unverwüstlich gute Laune stellte sich wieder ein. Zuletzt sang er bereits einmal mehr sein Lieblingslied: »Warum ist es am Rhein so schön?!«

Wilhelm v. Pluttkorten hatte zum Schluß das Werk noch gründlich begutachtet. Er war zufrieden. Alles lag förmlich unter Blumen. Der Hof, das Haus, die Zufahrt leuchteten in satten Farben.

»Meinen Jagdanzug«, sagte er zu Franz. Der hatte ihn schon über dem Arm. Noch wußte er, was seinem Herrn frommte.

Er half ihm beim Ankleiden, und es wurde ihm ausgesprochen düster zumute. Bald würde eine andere Hand behilflich sein, eine schmale, kleine, weiße zärtliche Hand.

Er schnupfte auf.

»Nanu, was ist los, Franz?«

»Ich freue mich so mit dem Herrn Baron«, schniefte der Musterdiener mit brüchiger Stimme und blickte zur Seite.

»Das ist schön. Sie wissen ja, daß Sie hier unentbehrlich sind. Künftig noch mehr als jetzt«, brummte der Riese in einem seltenen Anflug taktvoller Rührseligkeit. »Ist was, Franz?!«

»Mir ist etwas ins Auge geflogen.«

Wilhelm Pluttkorten grinste. »Kein Wunder. Ist ja auch so windig im Zimmer.«

Franz marschierte anschließend schnurstracks ins Herrenzimmer und genehmigte sich einen Schluck von seinem Lieblingscognac, acht Jahre alt, sowie eine Havanna mit kakaodunklem Deckblatt, die er sich abends zu Gemüte führen würde.

Als der Morgen heraufzog, versammelten sich die Leute auf dem Hof, um das Ungewöhnliche, das sich hier anbahnte, ja nicht zu verpassen. Jupp hatte außerdem umsichtig dafür gesorgt, daß die Freiwillige Feuerwehr ihre Kapelle in Marsch setzte. Ganz freiwillig war sie allerdings nicht gekommen, aber Jupp, der sich auskannte, hatte den Musikanten Freibier in Aussicht gestellt. Wer konnte da widerstehen, wo es doch immer mal wieder Schläuche zu spülen galt?

Die Sonne brach gerade mit den ersten Strahlen durch die Bäume. Ein liebliches Rosa breitete sich über den Horizont hinaus. Girlanden und Blumen glänzten wie Gold. Die Vögel jubilierten in den Morgen. Die Erde erwachte mit ihrem Duft. Die blanken Knöpfe an Wilhelms Jagdrock blinkten, als er heraustrat. Und auch der Lauf seines Drillings schimmerte wie Silber.

»Das Fräulein Ritter kommt!« hatte Franz gemeldet, und Wilhelm war hochgesprungen wie von der Tarantel gestochen.

»Wie sieht sie aus?«

»Ich vermute, daß sie hübsch aussieht.«

»Mensch, was hat sie an?!«

»Normale Jagdkleidung natürlich«, sagte Franz, der nun selber gespannt war, wie es nach der Komödie, in die er schließlich eingeweiht gewesen war, heute weiterging.

Sein Herr hatte etwas wie »Juhu!« gebrüllt, eine Rose ergriffen, das Gewehr gepackt und war hinausgeschossen.

Mit wenigen Sätzen sprang Wilhelm nun die Treppe hinunter, hin zu der gänzlich versteinerten Amélie. Auch die Mannen der Kapelle erstarrten wie weiland das Personal in Dornröschens Schloß. Wilhelm hob seinen Drilling, zielte auf die süße, ratlose Reiterin und sagte markig: »Geld – oder Leben!«

»Ich . . . ich habe kein Geld bei mir«, flüsterte Amélie. Die Stimme versagte ihr einfach. Jetzt wurden ihr auch noch die Knie weich. Jupp stand schon auffangbereit. Da fing sie sich, stellte sich fest auf ihre zitternden Beine und sagte, nachdem sie sich energisch geräuspert hatte: »Wollen Sie schon wieder auf mich schießen?«

»Ich drohe ja nur«, sagte Wilhelm. Er machte noch einen Schritt auf sie zu und flüsterte: »Geld . . . oder Liebe!«

»Sie verspotten mich. Wie grausam. Ich sehe selbst, daß hier alles zum Empfang einer Frau gerüstet ist. Und ich wünsche Ihnen viel Glück«, quetschte sie hervor. »Adieu.«

Er ließ das Gewehr einfach fallen und hielt ihr die Rose hin. »Einen Augenblick«, sagte er leise. »Ist hier nicht wieder dieser Duft in der Luft, den ich gestern so intensiv geschnuppert habe? Wieso bist du nicht im Stall, Stine? Ich hatte dich doch für heute hinbestellt? Die ganze Zeit habe ich mich schon darauf gefreut.«

Amélie senkte den Kopf. Blutrot war sie geworden, das spürte sie deutlich.

»Hattest du wirklich geglaubt, ich sei so ein Tölpel, daß ich dich nicht erkannt hätte?« lächelte er. »Und glaubst du auch nur eine Sekunde lang, irgendeine Frau könnte mich dazu veranlassen, einen solchen Aufstand zu machen, wie du ihn hier mit deinen eigenen Augen vor dir siehst – außer einer gewissen Amélie Ritter, die sehr

bald schon Amélie Pluttkorten heißen wird? So wahr ich
ein Mann und Herr auf Pluttkorten bin!«

Er griff einfach zu, legte der jungen Frau einen Arm
unter den Nacken und einen unter die Knie und trug sie
mühelos die Treppe hinauf. Ihr rechter Arm schlang sich
um seinen Nacken, der linke baumelte herunter, die
Rose hielt sie fest in der Hand.

»Hooch! Hooch! Hooch!« riefen die Leute. Die Kapelle
intonierte: »Wir winden dir den Jungfernkranz aus veil-
chenblauer Seide«, etwas falsch, aber mit Liebe.

Stine, die wirkliche Stine, war aus dem Stall hervorgetre-
ten, in dem sie sich so lange hatte versteckt halten
müssen. Sie stand nun Hand in Hand mit Jupp. Der hatte
entschieden, daß er das, was sein Herr konnte, auch
konnte: heiraten nämlich. Und so sang er laut mit, und
einige Leute stimmten auch ein: »Wir führen dich zu
Spiel und Tanz im hellen Hochzeitskleide«. Oder so
ähnlich . . .

Wilhelm trug seine leichte Beute über die Schwelle und
ließ sie erst im Herrenzimmer zärtlich auf den Boden
gleiten.

»Gucken Sie doch mal sofort nach dem Fisch«, befahl er
Franz, der mit erleuchteter Miene herumlungerte. Das
war wenigstens eine Herrin, der ein Diener auch gern
diente. So eilte er davon. Und Wilhelm nahm sie in die
Arme. Es war beinah wie am Tage vorher, und doch
anders, ganz anders.

»Ihr habt euren Schabernack mit mir getrieben, Hermann
und du«, sagte er zwischen zwei Küssen. »Aber es war
wohl nötig, daß man mich auf Trab brachte. Auf einen
groben Klotz gehört ein grober Keil. So ist das nun
einmal. Womit ich natürlich nicht sagen will, daß du ein
grober Keil bist. Du bezauberndes Mädchen. Ich muß

mich eben erst daran gewöhnen, so zart mit dir zu reden und umzugehen, wie es sich gehört. Aber eins sollst du wissen: Ich . . . ich weiß nicht, wie ich ohne dich auskommen soll.«

»Du sollst so sein, wie du bist«, sagte Amélie glücklich. Wilhelm sah sie an. Er hatte sich nie verzettelt. Nun richtete er all seine Sehnsucht und sein Verlangen auf diese zierliche, anmutige Person. Er war ganz ernst. Er konnte ihr nicht alles sagen, was er fühlte. Zu tief wühlten die Gefühle, die so lange fest geschlummert hatten. Doch sein heller Blick floß über von Liebe, war so stark, daß Amélie einen Moment lang die Augen schließen mußte.

Es klopfte leise. Franz trat feierlich ein und hielt in den Händen eine Schüssel mit Salz und Brot.

»Ja, Franz«, sagte Wilhelm mit vor Bewegung brüchiger Stimme, »Gut Pluttkorten hat eine Herrin«.

Gemessen brach er ein Stück von dem Laib und tauchte es in Salz. Er reichte es Amélie, die es ernst aß. Ihre Augen füllten sich mit Tränen des Glücks. Als Spiel hatte es begonnen. Jetzt war etwas Gewichtiges daraus geworden. Zwei Menschen hatten den größten Entschluß ihres Lebens gefaßt. Sie würden immer füreinander da sein. Allen Stürmen würden sie gemeinsam trotzen. Alles Glück sollte fortan verdoppelt werden.

Wilhelm legte Franz die Hand auf die Schulter. »Jetzt haben Sie zwei zu betreuen. Passen Sie mir gut auf diese Frau auf, die bald meine Frau sein wird. Sie ist das einzige Glück, das ich besitze.«

Vom Hof her ertönten nun helle Hörner. Sie schmetterten und jubelten in den Morgen.

Wilhelm lächelte. »Die Jäger«, sagte er, »das Halali. Komm hinaus, Amélie, sie wollen dich sehen.«

Sie traten noch einmal auf das Treppenpodest. Die Leute warfen die Mützen in die Luft und jubelten. Und da kam auch Hermann Ritter auf seinem Fuchs angaloppiert. Musterdiener Franz hatte trotz allem den Überblick behalten und bei Hermann angerufen. Der vertrat schließlich Vaterstelle bei der zukünftigen gnädigen Frau. Und so gehörte es sich.

Hermann strahlte. »Kommt wieder rein, ich muß einen Schluck trinken«, rief er, »so trocken wie jetzt war meine Kehle noch nie. Das macht die Aufregung. Ich trinke auf das junge Paar!«

»Danke, Hermann«, sagte Wilhelm und meinte damit alles, was ihn mit dem Freund verband und was ihn bald noch enger verbinden würde.

»Du warst ein harter Brocken, Wilhelm«, schmunzelte Hermann. Und zu seiner Schwester sagte er: »Wo bewahrst du eigentlich dein Briefmarkenalbum auf, Amélie? Das hast du ja nun an mich verloren.«

Amélie aber entgegnete: »Du irrst dich, lieber Bruder. Wir hatten gar nicht gewettet. Du wolltest nicht.«

»Worum geht's denn?« fragte Wilhelm und war bereit, für seine Liebste den ersten Kampf von vielen Kämpfen auszufechten. Doch die Geschwister Ritter schüttelten beide freundlich den Kopf. Und Hermann sagte: »Ganz unerheblich. Wir erzählen es dir gelegentlich mal, nicht wahr, Amélie?«

»Ja«, sagte sie, »nicht jetzt. Nicht hier — im siebten Himmel.«

Da konnte Wilhelm sich nicht zurückhalten. Sollten Hermann und Franz es sehen. Sollte doch die ganze Welt es sehen! Er breitete die Arme aus. Amélie flog an seine breite Brust.

»Und ich beugte mich hinab und küßte meine süße Braut. Die Frau, die Sie hier sehen, mit der ich all die Jahre in Freud und Leid gelebt und allen Stürmen getrotzt habe«, sagte Wilhelm v. Pluttkorten. Und wahrhaftig, dem alten Herrn waren die Augen feucht geworden bei diesen Erinnerungen.

Die zierliche alte Dame reichte ihm die Hand, die er an die Lippen zog. »Wir haben es nie bereut«, lächelte Amélie. »Ja, das war unsere Liebesgeschichte. Hoffentlich haben wir keine Langeweile damit verbreitet!«

Laura und Mike Kringel und auch Enkelin Renate applaudierten und versicherten, das sei eine herrliche und spannende Geschichte gewesen. Noch dazu eine wahre Geschichte!

»Es geht doch nichts über das wirkliche Leben«, meinte Mike Kringel und sah Renate tief in die Augen. Das hatte er wiederholt getan, besonders an den zärtlichen Stellen der Erzählung. Als erfahrener Frauenkenner kam er zu dem Schluß, daß er bei diesem Fräulein v. Sorppen — vielleicht nannte sie sich auch »Frau« v. Sorppen, das taten emanzipierte Damen ja heutzutage, ohne verheiratet zu sein — nun, daß er da offene Türen einrennen würde.

Renate dagegen amüsierte sich prächtig. Lauras Bruder war bestimmt ein toller Mann, aber wenn er glaubte, er könne die große Verführernummer abziehen, da hatte er sich getäuscht. Sie war sehr selbständig. Zwangsläufig selbständig geworden. Ihre Mutter, die mittlere der drei

Pluttkorten-Töchter, hatte Frido von Sorppen geheiratet. Renate war noch sehr klein gewesen, als ihre Eltern beim Skilaufen von einer Lawine verschüttet worden waren. So hatte die kleine Waise bei den Großeltern gelebt. Doch als sie größer wurde, zog es sie nach München. Sie wollte Anwältin werden. Weil ihr Vater dort eine Anwaltspraxis gehabt hatte. Sie war das einzige Kind, das Vermächtnis einer Liebe. Und sie fühlte sich berufen, ihren toten Eltern Ehre zu machen und die Ziele ihres Vaters zu verfolgen.

Ihre Großeltern waren immer voller Verständnis gewesen. Die beiden anderen Töchter hatten ebenfalls Männer geheiratet, die sich nicht für Landwirtschaft interessierten. So hatten sie das Land an ihren ehemaligen Verwalter verpachtet. Er wohnte auf Sichtweite mit seiner Familie in dem schmucken Verwalterhaus. Sie verstanden sich gut. Er war höflich und aufmerksam ihnen gegenüber. Doch in Wilhelm v. Pluttkortens Hinterkopf saß immer noch ein Körnchen Hoffnung. War es denn so unmöglich, daß seine Lieblingsenkelin einen Mann fand, der nach Pluttkorten paßte?

Nun, die Hauptsache war, das Kind wurde glücklich. Im geheimen verstand er ja die jungen Frauen von heute nicht, die unbedingt auf eigenen Beinen stehen wollten. Sie brachten sich doch um so vieles im Leben: Huldigungen, Heldentaten, einen Mann, der jederzeit für sie durchs Feuer ging oder ihnen auf Wunsch die Sterne vom Himmel holte. Doch davon ließ Wilhelm v. Pluttkorten sich nichts anmerken. Man mußte mit der Zeit gehen. Amélie war da viel elastischer als er.

Mike Kringel sagte: »Ich bin wirklich gerührt. Die Frage ist nur, was wir aus Ihrer Story lernen können. Was meinst du, Laura?«

Sie lehnte sich in ihrem schweren Sessel zurück. Die blonden Haare breiteten sich an der Lehne aus. Sehr elegant wirkte sie Elegant und verführerisch mit ihrem zart bräunlichen Teint, den schimmernd blauen Augen, dem zart geschwungenen Mund. Eine weiße Spitzenbluse zum weiten, weißen Rock brachte ihre grazile Figur vortrefflich zur Geltung. Ja, sie war reizvoll, das sah man auch als Bruder.

Laura lächelte. »Eins will ich mir zu Herzen nehmen: Eine Frau ist eine Frau und sollte auch mit weiblichen Waffen kämpfen.«

»Und Sie sind sehr gut bewaffnet, wenn ich mir die Bemerkung als alter Mann erlauben darf«, sagte Wilhelm galant.

»Danke! Nun, dann sollte ich es vielleicht versuchen. Es muß Spaß machen, einmal ganz groß als Eva herauszukommen. Es soll ja ein Spiel sein und verpflichtet letztlich weder Eberhardt Bercken noch mich zu irgend etwas. Wenn er ein wenig aus seiner Höhle hervortritt, hat es schon etwas Gutes bewirkt, nicht wahr?«

Mike wiegte den dunklen Kopf. »Vergiß aber nicht, Laura, daß du die Hauptrolle übernehmen mußt, falls wir uns etwas ausdenken. Du mußt schließlich der Köder sein für den menschenscheuen und frauenfeindlichen Kerl.«

»Fantastisch. Vor acht Tagen noch war mein Leben ziemlich hoffnungslos und düster. Ich stak voller Traurigkeit. Oh, ich war so enttäuscht. Der Mann, dem ich vertraut hatte, ließ mich im Stich. Das ist wunderbar, daß man im Leben immer noch einmal anfangen kann. Wir werden gemeinsam den Löwen aus seiner Höhle locken!«

»Nein, mein Kind. Sie werden in die Höhle des Löwen gehen«, sagte Amélie v. Pluttkorten sanft.

Alle riefen durcheinander. »Wie?!« »In die Höhle« . . . »Laura zu Eberhardt?!«

»Natürlich. Einen Köder muß man so auslegen, daß er vom ›Opfer‹ auch erreicht werden kann, also in der Nähe, nicht wahr?«

»So wie Sie es gemacht haben, als Sie mit Stine tauschten?«

»In der Art. Selbstverständlich müssen wir das in der Praxis modernisieren . . .«

»Aber wie?« fragten Renate und Mike gleichzeitig.

Sie grübelten, schlugen vor und verwarfen es wieder.

Laura sagte nachdenklich: »Vielleicht sollte ich als Vertreterin für Landmaschinen oder so etwas hingehen?«

»Nein, das wäre völlig unwahrscheinlich . . .«, überlegte Amélie Pluttkorten.

Plötzlich schrie Mike Kringel: »Ich hab's! Laura, deine Idee mit dem Landmaschinenvertreter hat mich auf einen Gedanken gebracht. Also, mein Plan ist folgender . . .«

So lauschten sie, feilten den Plan weiter aus, kalkulierten Unwägbares möglichst mit ein, kamen immer mehr in Stimmung und waren, als alles besprochen war, richtig übermütig.

Renate sprang auf und wirbelte durchs Zimmer. »Spitze! Große Klasse!«, rief sie. »Nein, macht das Spaß! In München ist ja nicht halb so viel los wie hier auf der Kukbläke!«

»Na, erlaube mal, liebes Kind«, sagte ihr Großvater gekränkt, »nur, weil man den Wald hinter der Tür hat, muß man noch lange kein Hinterwäldler sein.«

Renate setzte sich sittsam. »Ich wollte euch doch nicht kränken«, sagte sie. »Es macht mir nur soviel Spaß. Wo gibt's das heute noch? Eine Liebesverschwörung!«

Laura warf etwas verlegen ein: »Nun, es ist doch eher als Rettungsaktion für einen einsamen Menschen gedacht, nicht wahr?«

»Aber wenn dabei noch eine Hochzeit abfallen sollte, hätten wir wohl nichts dagegen, oder?« grinste Mike seiner Schwester an.

»Ich war ein Teeny, als ich in ihn verliebt war«, gab Laura zu bedenken. »Vielleicht gefällt er mir gar nicht mehr?«

»Er hat ein Herz wie Gold«, nahm Mike seinen Freund in Schutz, »braucht noch ein bißchen Schliff, sieht aber, soweit ich als Mann das beurteilen kann, recht passabel aus. Von Frauen verstehe ich allerdings mehr. Ich gehe meilenweit für eine schöne Frau.« Dazu schmiß er Renate wieder einen glühenden Blick zu. »Er tut immer sehr markig, ist aber ungeheuer gutmütig. Nur wenn man ›Ebi‹ zu ihm sagt, wird er fuchsteufelswild . . . Also, ich würde ihm ohne Bedenken meine Schwester anvertrauen«, fügte er noch hinzu.

Laura lachte auf. »Soweit sind wir ja noch nicht. Jetzt müssen wir das ganze erst einmal fein einfädeln.«

Sie erhoben sich. Laura stellte fest: »Meine Güte, ich habe einen kleinen Schwips!«

»Wenn man große Pläne macht, darf man gar nicht gänzlich nüchtern sein«, sagte Amélie Pluttkorten weise. Renate brachte die Geschwister Ritter noch zu deren Wagen. Beim Abschied hielt Mike Renates Hand wieder sehr lange. Er sagte: »Um mit Humphrey Bogart in dem schönen Film ›Casablanca‹ zu reden: ›Ich glaube, dies ist der Beginn einer schönen Freundschaft‹!«

»Sagt er das? Ich kann mich gar nicht erinnern«, lächelte Renate.

»Sie können den Film bei mir jederzeit besichtigen. Ich habe alle, oder jedenfalls fast alle Klassiker auf Video. Ein

Hobby von mir. Ja, kommen Sie doch. Rufen Sie einfach an, und wenn ich nicht gerade einer Kuh beim Kalben helfen oder einem Zirkuslöwen eine Zahn ziehen muß, dann sehen wir uns zusammen ›Casablanca‹ an. Abgemacht?«

»Ein verlockendes Angebot, das ich dankend annehme«, flötete Renate und dachte sich, daß sein Hobby in diesem Fall wohl eher war, mit ihr allein zu sein. Er war der typische Aufreißer. Sehr attraktiv, das ließ sich nicht leugnen. Sehr charmant − und furchtbar eingebildet, was seine Wirkung auf Frauen anbelangte. Er brauchte mal eine Lektion. Wir haben ein Komplott für diesen Eberhardt v. Bercken geschmiedet, dachte sie. Doch Renate Sorppen wird noch ganz allein einen zweiten Plan in die Tat umsetzen. Dieser Mike Kringel denkt, es gehe nur seinem Freund liebevoll an den Kragen. Der wird sich noch umgucken! Diesem Don Juan werden wir mal in seiner eigenen Hölle kräftig einheizen.

Die Freundinnen umarmten sich. »Telefonieren ist ganz nett, aber so in natura ist es doch schöner«, sagte Laura.

»Wir müssen noch mal ganz in Ruhe miteinander quatschen«, stimmte Renate zu.

Mike legte einen quietschenden Kavaliersstart hin, und Renate winkte dem Auto nach. Das Schicksal konnte seinen Lauf nehmen.

4

Es war noch warm, aber der Herbst trat schon seine bunte Herrschaft an. Die ersten Blätter hatten sich verfärbt: Einige sanken wie federleichte Golddukaten zur Erde nieder.

Eberhardt Bercken gab »Dannyboy« die Zügel frei. Der schwarze Irländer galoppierte über die Lichtung. Ein kleiner Bach kam in Sicht, und Roß und Reiter hielten darauf zu. Dannyboy warf feurig den Kopf zurück, federte ab. Fliegen. Innerlicher Jubel. Das oft zitierte Glück auf dem Rücken der Pferde. Das Geheinmis, das im Vertrauen zwischen dem Menschen und dem leistungswilligen Pferd lag. Ein Jubel, über dem man niemals die Kontrolle über sein Tun vergaß. Der Mensch plante sorgfältig Absprung und Landung. Das edle Tier fügte sich willig ein. So war der Idealfall.

Dannyboy landete weich auf dem trockenen Boden. Während Eberhardt ihn sanft auf die breite Schneise hinlenkte, jaulte »Arco« hinter ihnen vorwurfsvoll auf. Er konnte stundenlang – vergeblich – hinter einem Hasen herlaufen. Er liebte Ausritte seines Herrn leidenschaftlich, weil er dann so richtig nach Hundeherzenslust toben und tollen konnte. Aber er war schließlich kein Hürdenläufer! Extravaganzen wie diese, den Sprung über einen Bach, liebte er gar nicht. Wenn Herrchen unbedingt über einen Holzstoß fliegen wollte, bitteschön. Dann machte ein kluger Hund eben einen kleinen Bogen. Aber Bäche, wie Arco wußte, ließen sich kaum umrunden. Also: Anlauf, Mut – und rüber. Laut kläffend holte er sein menschliches Leittier wieder ein, den Mittelpunkt seines Lebens, der ihm Futter und Zuwendung gab, alles, was ein Hund eben so brauchte.

Sein Herr spielte merkwürdige Spiele mit ihm. Er ließ ihn Sachen holen und abliefern. Manchmal mußte er an einem Gegenstand schnuppern, der nachher irgendwo auszubuddeln war. Er hatte an einem Platz, langgestreckt liegend, gehorsam auszuharren, bis sein Herr ihn durch einen bestimmten Pfiff erlöste. Danach wurde man gelobt und anerkennend geklopft und ließ erhitzt die Zunge baumeln und schlackerte mit den Ohren.

Doch geboren war Arco im Grunde für die Jagd. Sie saß dem Cockerspaniel im Blut wie einem Zugvogel die Reise in den Süden. Wenn er jedoch einmal auf eigenen Einfall hin in fremden Revieren stöberte, war sein Herr danach stets sehr böse. Deshalb tat er es nur noch selten.

Jetzt hatte er aufgeholt und rannte neben dem Reiter her, wobei er extra laut hechelte und schief nach oben guckte. »Ja, braver Hund!« lobte Eberhardt, und Arco setzte sich zum Endspurt in Bewegung.

Eberhardt atmete tief ein, als das langgestreckte Herrenhaus in Sicht kam. In einem weiten Viereck schlossen sich Stallungen und Verwaltungsgebäude, Scheunen und Wohnungen an.

Manchmal, an Wochenenden und besonders im Sommer, kamen Leute aus der Stadt als Touristen und schauten sich um, spazierten überall hin, riefen: »Wo sind denn die Pferde?« Es war rührend und lästig zugleich. Im Winter hatte man seine Ruhe. Manchmal auch zuviel Ruhe.

Ein Mann, sein Pferd und sein Hund. War das nicht ein Glück? Ja, ich will nicht undankbar sein, beschloß Eberhardt zum hundertsten Male. Bald ist Erntedankfest. Die

Tiere sind eine Pracht. Ich habe einen guten Freund in Mike. Für die langen Abende gibt's Bücher und Fernsehen. Und Weihnachten geh ich einfach wieder gleich nach der Kirche ins Bett. Mit einem ordentlichen Whisky. Er saß ab. Ein Azubi führte Dannyboy in den Stall, um ihn abzureiben. Carmencita wieherte. Arco verwickelte sich in eins seiner endlosen Scharmützel mit der schwarz-weißen Katze, aus denen er stets als ungebrochener Verlierer hervorzugehen pflegte. Bis zum nächstenmal!

Eberhardt ging ins Haus, wandte sich von der riesigen Halle aus nach rechts und betrat sein Arbeitszimmer, von dem hohe Bogenfenster den Blick auf die Rückseite des Parks freigaben: weite, sanft hügelige Rasenflächen, ein Bach, der in Stufen zu winzigen Wasserfällen aufgestaut war, Blumenrabatten, die in herbstlich frischen Farben prangten.

Die beiden Schwäne, die hier freiwillig ihr Domizil bezogen hatten, leuchteten weiß in dem Grün.

Der Raum war fast unverändert so, wie ihn Generationen von Berckenmännern bewohnt hatten. Keine Spur von »Moderner Wohnkultur« oder »italienischem Styling«. Schwarze, wuchtige Eichenmöbel, weiße Wände, ein etwas verblichener Perserteppich, schwarzlederne Sessel und ein riesiges Ledersofa. Die Portieren waren aus schwerem, dunkelrotem Samt. Der Bücherschrank quoll schier über, manche Buchrücken zeigten mit Goldprägung, in schweren Leder- oder schönen Leineneinbänden ihr Alter an. Aber auch Taschenbücher häuften sich bereits. Und in der Luft hing ein über die Jahrzehnte erzeugtes Konglomerat aus Tabakrauch und Mann. Nirgendwo sonst fühlte Eberhardt sich seinen Vorfahren so verbunden wie in diesem Raum, dessen Atmosphäre die einzelnen Persönlichkeiten bewahrt zu haben schien. So wie in einer Kirche, in der so viele Menschen gebetet haben, Frömmigkeit sich leichter empfinden läßt.

Eberhardt zog sein kariertes Jackett aus und warf es — schwupp — neben einen Sessel. Er trug nun ein weißes, weiches Hemd und enge Reithosen. Mit seinen kräftigen Schultern und den schmalen Hüften, hochgewachsen und nervig, kam er figürlich dem Typ amerikanischer Filmstars nahe, die Westernhelden oder Polizisten einer Spezialeinheit spielen.

Er guckte die Post durch. Die Hälfte wanderte, wie immer, gleich in den Papierkorb. Da wurden billige Kredite und ganze Meter Lexika angeboten, Luxusreisen, Lotteriegewinne, Heiratschancen per Computer, Abonnements, heute das für eine Zeitschrift »Kapital und Anlage«. Ein Prospekt mit Damenmoden und ein Katalog, in dem das angezeigt wurde, was Eberhardt »ein Mützlein für das Zwerglein« zu nennen pflegte, also lauter überflüssiger Kleinkram, vervollständigten den Reigen der Briefkastenverstopfer.

Doch es waren auch zwei Briefe dabei, die Eberhardt höchlichst interessierten. Er schlitzte mit dem Brieföffner, der eigentlich ein Hirschfänger war, die Umschläge auf. Einer war mit der Maschine, der andere in einer recht sympathischen Handschrift geschrieben.

Es war leider so, daß Meerkamp, der alte Verwalter, endlich auch ein bißchen Feierabend im Leben verdient hatte. Er tat immer noch eine Menge, und solange er konnte und wollte, würde er auf Berckenhof die erste Geige spielen. Doch eins war Eberhardt klar geworden. Eine junge Kraft mußte her. Und so hatte er sich vor kurzem entschlossen, danach zu inserieren. Er hatte sich sorgfältig überlegt, was er nun wirklich brauchte. Einen zweiten Meerkamp gab es sicher nicht. Auch mit seinem Freund Mike Kringel hatte er sich ausführlich beraten, und dann war die Anzeige vorgestern erschienen. Ein Anrufer war gekommen von einem Vater mit vier Kindern, der eigentlich ein Buch schreiben wollte in »naturnaher Atmosphäre«, wie er sich ausgedrückt hatte. Eberhardt konnte nur den Kopf schütteln. Offenbar glaubten manche Menschen, das bißchen Landarbeit erledige sich von selbst.

In dem maschinengeschriebenen Brief empfahl sich ein arbeitsloser Lehrer, der selbst vom Lande stammte. Er war dreißig Jahre alt, Germanist und, wie er betonte, sehr muskulös. Das klang nicht schlecht. Auch ein ganzer ideologischer Sermon war in dem Schrieb enthalten, in dem das Wörtchen »alternativ« mehrmals auftauchte. Im ganzen nicht so übel, fand Eberhardt Berkken, doch eigentlich nicht dem entsprechend, was er suchte und doch wohl auch zum Ausdruck gebracht hatte.

Er brauchte einen Mann, der Pferdeverstand einerseits und Ahnung von Buchführung und Steuerkram andererseits hatte, damit der Herr des Hauses sich wieder mehr seinen landwirtschaftlichen Aufgaben zuwenden konnte. »Ich sitze mir ja Schwielen an den Hintern«, hatte er Meerkamp sein Leid geklagt. Und ein Steuerprüfer ersetzte niemals die sorgfältige eigene Arbeit.

Arco war mit hineingeschlüpft und lag auf seinem Lieblingsplatz unter dem Schreibtisch. Dort war er zwar schon mehrmals getreten worden, doch er mochte den Höhlencharakter so gern und verließ sich im großen und ganzen auf die Vorsicht seines Herrchens.

Eberhardt betrachtete den zweiten Brief und runzelte

die Stirn. Die Schrift war sehr sympathisch, aber wirkte sie nicht ein wenig zu schwungvoll? Irgendwie weich? Nun, keine Vorurteile, ermahnte er sich.

Er vertiefte sich in das Schreiben. Seine Miene erhellte sich. Je weiter er las und prüfte, desto häufiger nickte er. Zum Schluß nickte er mehrmals vor sich hin. In der Tat, das war eine Bewerbung, die sich geradezu verblüffend mit seinen Vorstellungen deckte. Ja, wie eine Auster in ihre Schale, so paßte dieses Angebot zu seiner Nachfrage. Diesen Bewerber mußte er sich unbedingt angukken. Er schien perfekt zu sein, wenn er nicht den Mund zu voll genommen hatte. Das würde man ja sehen. Außerdem war der Winter eigens dafür gedacht, ihn einzuarbeiten.

Flüchtig beschlich Eberhardt eine sonderbare Vorahnung, die er jedoch gleich wieder beiseite wischte.

»R. v. Sorppen« stand da als Briefkopf. Die Unterschrift las sich irgendwie als »Ron« oder »Ren«, wahrscheinlich so ein modischer Name. Studium in München und Berlin. Tätigkeit auf Berliner Reiterhof. Volontariat auf Pluttkorten. Post bitte an Pluttkortensche Adresse. Auf Wunsch gern telefonische Beurteilung durch Herrn v. Pluttkorten.

Hörte sich alles recht ordentlich an. Aber Papier war schließlich geduldig. Sorppen . . . der Name kam ihm irgendwie bekannt vor. Aber da irrte man sich ja oft.

Eberhardt hätte die Sache gern mit seinem Freund Mike beredet. Doch der schien etwas zu grollen, weil »Ebi« bei den Pluttkortens nicht die Tanzmaus machen wollte. Es war nicht zu fassen, ja, es widersprach aller männlichen Solidarität. Aber Mike wollte ihm offenbar seine Schwester Laura unterjubeln. Hoffentlich reiste sie bald wieder ab! Er hatte, was er brauchte. Kein Bedarf an weinerlichen, streitsüchtigen, komplizierten, entnervend anspruchsvollen, langhaarigen Wesen auf Berckenhof! Einmal und nie wieder. Wozu brauchte man die? »Wir brauchen hier keine Weiber, was Arco?« fragte er. Der Hund erhob sich sofort in dem irrigen Glauben, nun ginge gleich ein fideles Spiel mit Flaschenkorken über die Bühne. Er legte seinem Herrn dabei einen vor die Füße, und der stieß ihn mit dem Schuh über den Teppich. Arco flitzte jaulend hinterher, schnappte sich das Ding und fegte damit an den Ausgangspunkt zurück. Ein wundervoller, hochinteressanter Zeitvertreib für lustige Hunde und gutgelaunte Herrchen.

Eberhardt jedoch nahm von Arco nicht weiter Notiz. Er grübelte. Natürlich könnte er einfach auf Pluttkorten anrufen, doch das wollte er nicht. Sie würden ihn auf die geplante Einladung ansprechen. Dann mußte er die Geschichte von der landwirtschaftlichen Ausstellung anbringen, deretwegen er angeblich nicht kommen könne. Und das war alles im höchsten Grade ungemütlich. Außerdem kam es auf sein eigenes Urteil an.

Und wenn er Mike einfach anriefe? Dann würde sich vielleicht wieder die Laura melden und nach Frauenart auf ihn einschwatzen, ihn einladen, fragen, wann er denn endlich mal Zeit hätte, so in der Art.

»Machen wir nicht, Arco, was?« Der Hund, der die Hoffnung nie aufgab, näherte sich sofort wieder mit seinem Kronenkorken. Und diesmal spielte sein Herr mit.

So wurde doch der Post ein kurzer Brief übergeben, in dem Eberhardt v. Bercken Herrn R. v. Sorppen ersuchte, sich am Donnerstag bitte vorzustellen.

Abends faßte er sich doch ein Herz und ließ es bei Mike klingeln. Der kaum auch sofort an den Apparat. Er war sehr freundlich. »Ich würde mich wirklich für dich freuen, wenn es klappte mit einem tüchtigen landwirtschaftlichen Assistenten«, sagte er. »Verdient habt ihr es beide. Du und dein alter Fritz Meerkamp.«

»Wie geht es deiner Schwester?« rang Eberhardt sich daraufhin ab.

Schließlich wußte man, was sich gehörte. Und wenn Mike so nett war . . .

»Ooooch, die bringe ich morgen zum Flughafen. Sie muß früher zurück als geplant. Mit ihrem Besuch bei Pluttkortens wird es nun nichts. Hat mir leid getan. Aber Pflicht ist Pflicht. Und Schnaps ist Schnaps. Apropos: Heute habe ich eine Verabredung. Morgen auch. Wie wär's übermorgen mit einer netten, kleinen Skatrunde? Meerkamp, du und ich?«

»Ach, weißt du, ich habe den Kopf zur Zeit so voll . . .«

»Das verstehe ich, Eberhardt«, sagte Mike heuchlerisch. »Sag mal, du warst doch schon auf Pluttkorten. Ist dir da eventuell ein junger Mann aufgefallen? . . .«

»Ach, weißt du, Eberhardt, sie nehmen ja den Meier als Viehdoktor. Ich war nur ein- oder zweimal als ›Aushilfe‹ da. Kenne dort eigentlich niemanden. Kann aber sein, daß ich ihn gesehen habe. Wer merkt sich schon all die neuen Gesichter!«

»Da hast du recht. Also, bis zum nächstenmal, alter Junge. Ich werde dir berichten.«

Oho! Gefahr im Verzuge! Die Dame Kringel reiste ab. Na, wunderbar!

Eberhardt war so erleichtert, daß er sich allen Ernstes überlegte, ob er ihr nicht eine Orchidee aus seinem Gewächshaus schicken sollte, mit dem heuchlerischen Satz: »Schade, daß wir uns diesmal verpaßt haben.«

Doch dann ließ er es lieber. Gib einer Frau den kleinen

Finger, und sie reißt dir den Arm ab, dachte er. Und das Herz aus dem Leib. Nee, laß es lieber, Eberhardt. Nur Esel, denen es zu wohl wird, gehen aufs Eis tanzen.

Um seine Stelle bewarb sich noch ein Jungfilmer, der zugleich einen Film ohne Spielhandlung über das Leben auf einem feudalen Herrensitz drehen wollte. »Streng dokumentarisch und absolut objektiv«, wie er betonte. Ein verbitterter Landwirt mittleren Alters, der pleite gemacht hatte, bewarb sich ebenfalls. Der junge Sorppen war nach wie vor der Favorit.

Donnerstag. Vierzehn Uhr fünfundfünfzig . . . Eberhardt Bercken hatte mit Meerkamp zusammen eine Stute begutachtet, die einen kranken Eindruck machte. Vielleicht hatte sie irgend etwas Ungutes gefressen. Möglich, daß man Mike Kringel als Tierarzt würde zuziehen müssen. Aber noch wollten sie abwarten.

»Ich halte Stallwache«, versprach Meerkamp, als er mit Eberhardt vor die Stalltür trat.

»Um drei Uhr soll der Bewerber kommen. Hoffentlich ist er pünktlich. Unpünktlichkeit kann ich nicht leiden. Ich möchte, daß Sie ihn sich nachher auch ansehen, wenn er überhaupt diskutabel ist, Meerkamp«, sagte Eberhardt gerade, da fuhr ein roter Sportflitzer auf dem Hof ein, zog eine schnittige Kurve und kam genau längsseits vor dem Herrenhaus zum Stehen.

»Das isser«, vermutete Meerkamp.

Eine schmale Gestalt stieg aus. Cordhose und Jackett aus Tweed mit breit ausgearbeiteten Schultern . . . Die Autotür fiel mit einem satten »Plopp« ins Schloß. Eberhardt näherte sich dem Bewerber mit großen Schritten . . .

Der Mensch drehte sich um, und Herr v. Bercken erstarrte. Für eine Sekunde schlugen in ihm alle Alarmglocken an, ein Feuerwerk von Warnlämpchen blinkte, wie bei einem Spielautomaten, in seinem Innern, es klingelte und rasselte, und dann war plötzlich Stille. Eben wie beim »Einarmigen Banditen«, wenn das Spiel abgelaufen war.

Eberhardt ordnete schnell seine Züge, schloß vor allem den Mund wieder. Eine Frau! Das durfte ja wohl nicht wahr sein!

»Sie wünschen?« fragte er so wohlerzogen wie möglich. Immerhin war sie wirklich sehr hübsch. Und nicht so penetrant zurechtgemacht wie eine Hure aus Babylon. Heutzutage sahen die meisten Frauen ja aus wie früher nur gewisse Damen ausgesehen hatten.

Diese trug die blonden Haare ganz straff zurückgekämmt, war überhaupt nicht geschminkt und sehr korrekt angezogen. Einen Moment lang hatte sie ihn vage an Laura Kringel erinnert, aber das war nun dieser Frau gegenüber wirklich ungerecht. Mikes Schwester war eine niedliche Krabbe gewesen, aber eine Schönheit war die bestimmt nicht geworden, mit ihrem drollig um den Kopf abstehenden blonden Drahthaar, der kleinen roten Nase und dem reichlich unsauberen Teint.

Diese w a r eine Schönheit. Eberhardt wurde verlegen. Sie sah ihn ernst aus sehr dunkelblauen Augen an. Eine leichte Röte flog über ihr Gesicht. »Ich möchte mich bei Ihnen vorstellen. Bitte, könnten Sie mich nicht vielleicht hineinbitten?« sagte sie. Ihre Stimme klang sanft und voll. Man konnte sich eigentlich nicht vorstellen, daß sie sich zu schrillem Diskant steigern könnte. Eine Tonlage, die Eberhardt von seiner geschiedenen Frau noch immer schaurig in den Ohren klang.

»Natürlich, bitte, treten Sie ein«, sagte er artig.

Lauras Herz bummerte. Es trommelte so wild in ihrer Brust, daß sie fürchtete, das Jackett müsse im Rhythmus

91

ihres Herzschlags mitbeben. Nun, er hatte sie hineinge-
beten. Die erste Hürde war also genommen.

Während er ihr die schwere Tür aufhielt und sie an
ihm vorbeischlüpfte und ihn den kleinen strammen
Zopf sehen ließ, den sie am Hinterkopf festgesteckt
hatte, sah Eberhardt aus den Augenwinkeln den alten
Meerkamp noch immer an derselben Stelle stehen, an
der er ihn verlassen hatte. Wenn Eberhardt nicht alles
täuschte, hatte er den Mund weit offen.

»Rauchen Sie?« fragte der Herr auf Berckenhof, als sie
sich im Herrenzimmer gegenübersaßen.

»Nein, danke. Ich heiße Renate v. Sorppen.«

»Und was wünschen Sie nun?«

»Ich bewerbe mich um die Stellung als landwirtschaftlicher Assistent. Sie haben meine Bewerbung gesehen,
Herr v. Bercken. Natürlich kann ich auch Referenzen
beibringen, wenn Sie es wünschen. Ich wollte nur
nicht unnötig Zeit verstreichen lassen. Denn mir ist
klar, daß es für einen so attraktiven Posten sicher viele
Bewerber gibt. Ich möchte jedoch betonen, daß ich von
meiner Qualifikation absolut überzeugt bin.«

Uff, das hatte sie doch ganz gut hingekriegt. Noch war
er platt. Der Überraschungseffekt mußte genutzt werden, das sah ihr Plan vor. Sie betrachtete den Mann im
schwarzen Sessel möglichst neutral und zurückhaltend.
Sonne sickerte durch die hohen Bogenfenster. Auf seinem dunklen Haar lag ein Reflex, der es einen kleinen
Ton ins Rötliche spielen ließ. Kastanienfarbe. Als Kind
hatte sie gar nicht genug von den rotbraunen Früchten
bekommen können, um daraus Körbchen und Gesichter zu schnitzen, und nach ein paar Tagen war die
Pracht vertrocknet, geschrumpft und unansehnlich geworden.

Laura, nimm deine Gedanken zusammen, ermahnte sie sich selber.

Eberhardt sah sie an. Er wußte nicht, ob er lachen oder wütend werden sollte. Im Grunde war er eher ärgerlich. Doch sie sah wirklich sehr hübsch aus, wie sie da im Sessel lehnte. Haare, die in der Sonne schimmerten wie zehn Jahre alter Whisky. Verdammt blaue Augen. Mund wie Greta Garbo. Nicht aufdringlich. Kein Typ, der einem mit Busen und Hüften sozusagen ins Gesicht sprang. Und doch sehr feminin. Trotzdem war es eine Frechheit, hier aufzukreuzen und so zu tun, als sei es völlig normal, daß eine Frau landwirtschaftlicher Assistent sein wollte. Noch dazu auf Berckenhof!!

Sie streckte die Hand seitlich aus, und Arco, der sich von Anfang an benommen hatte, als sei hier die Königin von Saba angereist, wedelte sofort heran und ließ sich streicheln. Als höchsten Ausdruck seiner Wertschätzung leckte er ihr sodann die Finger ab. Und die schrie nicht »Huch!« oder sonst was Weibliches, sondern gab Arco einen leichten Klaps und zog ruhig die Hand zurück.

»Ich bezweifle nicht, daß Sie qualifiziert sind. Doch für die Stelle, die ich zu vergeben habe, wird ein kräftiger Mann gebraucht«, erklärte Eberhardt v. Bercken fest.

»Ich bin kräftiger, als ich aussehe.«

Eberhardt runzelte die Stirn. »Mein Assistent darf nicht in Ohnmacht fallen, wenn eine Stute eine schwierige und blutige Geburt hat.«

»Aber ich falle nicht in Ohnmacht. In Berlin habe ich ein eigenes Pferd!« rief Laura aus. »Gehabt«, setzte sie hinzu, und ihre Augen wurden feucht. Nein, sie hatte »Luxor« noch nicht verkauft. Sie hatte sich einfach nicht völlig von ihm trennen können. Er war bei »ihrem« Bauern in Lübars gut aufgehoben. Vielleicht kam der

93

Tag, an dem sie ihn zu sich holen konnte. Jetzt jedoch mußte sie aber wirklich höllisch aufpassen, daß sie sich nicht verplapperte. Hier war sie Renate v. Sorppen. Zuerst hatten sie irgendeinen Namen erfinden wollen, doch Frau v. Pluttkorten hatte gemeint, man müsse immer so dicht wie möglich an der Wirklichkeit bleiben. Rückfragen ließen sich dann leichter abwimmeln, und man brauche auch seinen Erfindungsgeist nicht so anzustrengen.

Sie hatte sogar überlegt, ob Laura sich nicht direkt als junger Mann ausgeben sollte. Schließlich gab es Vorlagen dafür auf dem Theater. Shakespeare mit seiner »Komödie der Irrungen« oder Goldoni in »Diener zweier Herren« hatten diesen Effekt genutzt. Und andere auch.

Heutzutage sahen Mädchen auf den ersten Blick häufig wie Jungen aus. Und umgekehrt entpuppte sich manch nettes »Girl« bei näherem Hinsehen als jemand, der sich täglich rasierte und den Stimmbruch längst hinter sich hatte. Ja, die Stimme verriet einen. Und so weltfremd konnte kein Mann sein, daß man ihn in dieser Hinsicht täuschen konnte. Das war Theaterdonner. Aber in anderer Hinsicht konnte es klappen. Wenn man aufpaßte!

»Fragen Sie mich bitte alles, was Sie wissen wollen. Sie werden sehen, daß ich Ahnung habe«, bat Laura alias Renate Sorppen.

Eberhardt schüttelte eigensinnig den Kopf.

»Zwecklos. Ich stelle keine Frau ein.«

»Entschuldigen Sie bitte. Aber sind Sie ein Frauenfeind?«

»Nein, wieso denn!?«

Sie beugte sich vor und sah ihm fest in die Augen. »Lassen Sie mich eine Probezeit machen, bitte!! Sie riskieren doch nicht viel. Es sei denn, Sie hätten einen besseren Bewerber als mich.«

In Eberhardts Brust ging etwas Sonderbares vor. Ein eisernes Band, das hier gedrückt und eingeengt hatte, schien sich zu lösen. Die Aussicht, diese schöne und beherrschte Person täglich zu sehen und um sich zu haben, erschien ihm auf einmal sehr verlockend.

»Eine Probezeit«, sagte er nachdenklich. »Vielleicht einen Monat? Ja, darauf könnten wir uns vielleicht einigen. Wir müßten uns natürlich erst über die Bedingungen klar werden.«

»Ich bin mit allem einverstanden, Herr v. Bercken«, sagte sie schnell. »Und bitte, nennen Sie mich einfach ›Ren‹. So werde ich von meinen Freunden genannt. Eigentlich heiße ich ja Renate.«

»In der Bewerbung hießen Sie nur R.«, sagte er und lächelte zum erstenmal. Noch lag ein Schleier von Traurigkeit in seinen dunklen Augen. Aber seine Miene hatte sich erhellt. ›Ren‹ fand, daß er toll aussah und daß es jede Mühe lohne, auch diese Augen klar und strahlend zu sehen.

»Ich zeige Ihnen den Hof«, schlug Eberhardt vor. »Wollen wir vorher noch auf unser Übereinkommen anstoßen?« Er zögerte. »Sie trinken wahrscheinlich einen Likör?«

»Wenn es Ihnen keine Mühe macht, nehme ich lieber einen Whisky. Ohne Eis und Wasser. Einfach pur.«

»Wunderbar. So mag ich ihn auch am liebsten!«

›Ren‹ schmunzelte in sich hinein. Klar. Durch Mike war sie über Eberhardts Vorlieben genau unterrichtet. Sie wußte besser als irgend jemand anderer, was man zu tun und zu lassen hatte, um dem Herrn vom Berckenhof zu gefallen.

Er zeigte ihr seinen Besitz. Ihr Herz schlug höher. Noch war alles ein Spiel. Doch sein Eifer und sein Stolz nahmen sie darüber hinaus für diesen herben Mann ein.

Der alte Meerkamp wurde mit ihr bekannt gemacht.

»Sorppen?« fragte er, »Sind Sie vielleicht mit den Plutt-kortens verwandt?«

»Ich bin die Enkelin«, log ›Ren‹ laut Plan der Ver-schwörer.

»Ja, warum haben Sie mir das nicht gesagt?« staunte Eberhardt.

»Soso«, murmelte der Alte und kniff so komisch die Augen zusammen.

»Ich wollte keine Protektion. Ich will es aus eigener Kraft schaffen.«

Na bitte! Sie war zwar etwas rot geworden, doch im ganzen hatte sie das doch recht ordentlich hinbe-kommen.

Eberhardt führte sie herum. Er streckte und reckte sich und warf sich in die Brust. Man merkte, daß er sehr stolz darauf war und daß er das alles sehr liebte.

Auf der Koppel mit den Pferden standen sie nebeneinan-der. Laura hätte sich gern dichter an ihn herangescho-ben, doch sie wollte ihn nicht gleich wieder verprellen. So ließ sie sich von ihm lediglich ein paar Stückchen Zucker reichen, die sie den Tieren auf der flachen Hand hinhielt. Sie nahmen sie mit weichem Maul ganz vorsich-tig herunter.

»Das ist Carmencita, mein Liebling«, erläuterte Eber-hardt. Sie fand, daß es gut klang, wenn er »mein Lieb-ling« sagte. Ob seine Stimme auch irgendwann mir gegenüber diesen zärtlichen Tonfall annehmen wird? dachte sie. Bis jetzt könnte ich ja glatt daran zweifeln, eine reizvolle Person zu sein. Aber, wie Frau v. Pluttkor-ten so richtig sagte: Alles braucht seine Zeit.

Aus dem Hintergrund der Koppel kam nun ein rassiger Schwarzer lässig angetrabt. Laura hatte noch ein Stück

Zucker und ging schnell ein Stück beiseite, um es ihm ungestört geben zu können. Sie streckte die Hand aus. »Dannyboy« beäugte sie und senkte mehrmals heftig den Kopf. Eberhardt beobachtete die Szene interessiert. »Dannyboy« war scheu und schwierig mit Fremden. »Vorsicht«, warnte er leise, »er ist ein Racker.« Aber da holte sich der irische Schwarze schon lammfromm sein Leckerli . . .

Die Neue legte ihm fest die Hand auf die weiße Blesse an der Stirn. Er prustete selig. Mit Pferden konnte sie offenbar wirklich umgehen. Sie ist eben ein ganz kameradschaftlicher Typ, sagte sich Eberhardt. Ganz modern und kühl. Nicht so'ne weinerliche Zicke wie Gabriele. Sauber, klar und zuverlässig. Und gar nicht fähig, einen Mann zu hintergehen.

Zum Abschied drückte er Laura so fest die Hand, daß sie beinahe aufgeschrien hätte. Im letzten Moment zauberte sie ein gemessenes Lächeln hervor.

»Auf Wiedersehen. Wann können Sie anfangen?« fragte er.

»Morgen früh, wenn es Ihnen recht ist. Ich möchte die Probezeit möglichst schnell hinter mich bringen.«

»Sehr schön.«

Sie nickte und stieg in ihren Flitzer. Wenn du ahntest, dachte sie, daß ich die Probe bin, die du probieren sollst! Sie gab Gas. Er winkte noch einmal kurz. Dann stapfte er leicht benommen in sein Herrenzimmer. Was war bloß mit ihm losgewesen?

Eine Frau einzustellen! Wie hatte das geschehen können? Es war doch gegen seine Prinzipien. Meerkamp hatte schon so sonderbar gepliert. Mike Kringel würde sich bestimmt ins Fäustchen lachen. Frauen bringen Unordnung und Verwirrung ins Leben. Wie oft hatte er das nicht im Brustton der Überzeugung vorgebracht, seit seine Frau ihn verlassen hatte?

Damals hatte Eifersucht auf den Nebenbuhler in ihm rumort, seinen Stolz und seine Widerstandskraft ruiniert, ihn wie eine leere Hülse zurückgelassen. Zum erstenmal danach kratzte und pochte es wieder in seiner Brust. Es war fast ein Schmerz. Ja, und es hatte Ähnlichkeit mit den Erschütterungen von damals. Doch zugleich war es auch ganz anders. Eberhardt warf sich in den Ohrensessel und streckte die Beine in den Stiefeln weit von sich. »Ren«, ein sonderbarer Name. Wie »Rentier«. Gar nicht abwegig. Sie hatte etwas Graziles. Ein paarmal hatte sie auch plötzlich gewirkt, als ob sie Scheu vor ihm hätte. Angst vor mir, dachte Eberhardt. Lächerlich! Wo ich doch Angst vor den Frauen habe. Vor dieser nicht. Das wäre ja auch noch schöner. Schließlich bin ich ihr Dienstherr und Brötchengeber. Ich lasse hier keine Unordnung in mein Leben bringen, basta!

Er lehnte den Kopf zurück. Stimmte seinen Lieblingsschlager an: »Fremde in der Nacht, die sind so einsam . . .« Erst nach einer Weile merkte er richtig, daß er da saß und laut sang. Er, Eberhardt v. Bercken. Das hatte er ja seit Jahren nicht getan. Nun, das Gefühl war nicht unangenehm.

Nach einer Weile hielt es ihn nicht länger drinnen. Er suchte Meerkamp auf und fragte: »Na, wie finden Sie unseren neuen Gehilfen, Meerkamp?«

»Macht nen tüchtigen Eindruck«, mümmelte der wortkarg.

»Ist das alles?«

»Was soll denn sonst noch sein?«

»Mir machen Sie nichts vor. Irgendeine Laus ist Ihnen über die Leber gelaufen.«

98

»Nööö, gewiß nicht.« Meerkamp hatte sich den Fall bereits überlegt. Er hatte die kleine Pluttkorten-Enkelin früher gesehen. Die war aber gar nicht blond gewesen. Nun konnten die Frauen heutzutage ihre Haare färben, aber ob sie auch noch nach der Konfirmation beliebig wachsen konnten, das war ja wohl zu bezweifeln. Und die Kleine von Pluttkortens war eben viel kleiner gewesen als dieses Fräulein. Und soviel Meerkamp wußte, hatten sie von der Tochter, die den Sorppen geheiratet hatte und verunglückt war, nur diese eine Enkelin.

Etwas stimmte also nicht. Doch andererseits sah sein Herr so gelöst aus. Richtig vergnügt. Weibsbilder hatten oft eine magische Wirkung. Auch er war mal jung gewesen. Bloß mit dem Heiraten hatte es nie geklappt.

Meerkamp hatte beschlossen, erst einmal gar nichts zu sagen, aber die Augen offen zu halten.

Auf den ersten und auch den zweiten Blick erwies sich die Dame als Segen für den Berckenhof. Sie hatte sich stöhnend über die ziemlich verwahrlosten Bücher hergemacht und brachte System in die Buchführung.

Es ließ sich auch nicht übersehen, daß sie neuen Schwung in den Haushalt brachte, was eigentlich ja gar nicht von ihr verlangt wurde. Die gute Frau Paulsen, die schon lange die Wirtschaft führte, hatte sie zuerst argwöhnisch beäugt. Doch nach ein paar Tagen wandte sie sich bereits um Rat und Unterstützung an »dat gnä' Fräulein«, das, wie sie sich erhoffte, die faulen beiden Mädchen, die man nicht mehr Dienstmädchen nennen durfte, »mal Moses lernen« würde.

Da Eberhardt nun einmal behauptet hatte, er müsse zum fraglichen Party-Termin zur landwirtschaftlichen Messe in Hannover, fuhr er tatsächlich weg. Laura nutzte die Zeit, das Haus saubermachen zu lassen, wobei sie auch selber tüchtig mit zupackte. Nur Frau Paulsen machte nicht mit. Sie drückte die Hand auf den Bauch, zog ein weinerliches Gesicht und behauptete: »Der ganze Darmtraktor tut mir weh. Ich glaub, ich krieg die Schieteritis.«

»Meinen Sie denn, daß Sie vielleicht kräftig genug sind, ein bißchen Staub zu wischen?« fragte Laura listig.

Frau Paulsen überlegte und prüfte dann, ob sie einen Staublappen heben konnte . . . »Na schön, ich will's versuchen. Staubt aber doch wieder ein. Dem gnädigen Herrn isses egal. Sie sind 'n ganz konservierter Mensch, nich?« zog sie die Bilanz.

»Nicht direkt konservativ. Aber fürs Staubwischen bin ich schon«, gab Laura zu.

Als das Haus in der unteren Etage blitzte, pflückte Laura noch einige dicke Blumensträuße und verteilte sie überall in den Vasen. Und für seinen Schreibtisch ließ sie sich im Gewächshaus eine wunderschöne, schneeweiße, zartlila gesprenkelte Orchidee schneiden. In einer schmalen Kristallvase sah sie bezaubernd aus. Begeisternd beguckte Laura ihr Werk.

Eberhardt Bercken würde staunen!

Das tat er auch. Doch die Wirkung war nicht so erfreulich, wie sie gehofft hatte.

Zuerst schnupperte er und fragte argwöhnisch: »Riecht es hier nicht nach Bohnerwachs?« Und dann rückte er richtig affig an Büchern und Gegenständen herum, die sich, das wollte sie nicht leugnen, durch das Staubwischen und Möbelrücken vielleicht ein wenig verschoben haben mochten.

Das Schlimmste jedoch passierte, als er die Vase mit Inhalt auf seinem Schreibtisch erblickte. Laura hatte sich erwartungsvoll in Positur gestellt. Sie erwartete zu hören, daß werde er in Zukunft immer so halten. Doch er holte tief Luft und quetschte hervor: »Wie kommt denn die Orchidee da hin?!«

Eine nicht übermäßig intelligente Frage, fand Laura, weshalb sie auch kurz antwortete: »Nicht zu Fuß.« Sie hatte sich natürlich schon ein bißchen über seine vorherigen, undankbaren Bemerkungen geärgert.

»Und wer hat sie getragen?« stieß er hervor.

Jetzt wurde sie doch unsicher. »Ich war es«, gab sie zu. Er lief ganz bräunlichrot an und blökte plötzlich los: »Ich verbitte mir, daß irgend jemand an meine Orchideen geht! Der Gärtner hat nur von mir Anweisungen entgegenzunehmen! So eine Verschwendung! Eine Barbarei ist das!«

Laura blickte ihn fassungslos an. Ja, war das denn der freundliche, liebenswerte Mensch, für den sie ihn gehalten hatte?

Hatte sie das nötig, sich hier ausschimpfen zu lassen wie ein blödes Gör? Nur, weil sie seinen Schreibtisch verschönt hatte!?

Sie fühlte, wie die Tränen in ihr hochstiegen. Bloß nicht weinen! Ihr Sportsgeist erwachte. Das wäre Wasser auf seine Mühlen, wenn sie jetzt losheulte. Sie warf den Kopf in den Nacken und sagte möglichst kühl: »Es war das letztemal, verlassen Sie sich darauf. Es war eine Probezeit, Herr v. Bercken. Und ich muß Ihnen leider sagen: Sie haben sie nicht bestanden!«

Dann rauschte sie ab, nach oben, in ihr schönes Appartement mit den hellen Möbeln und dem hübschen, nilgrünen Kachelbad. Ihre Hochstimmung sackte zusammen. Sie hatte sich gehenlassen. »Blöder Affe«, murmelte sie vor sich hin, während sie Sachen in den Koffer stopfte und die Schranktüren ordentlich knallen ließ vor Wut. Mies! Widerlich! Eingebildet! Ein Streitmacher!

Bei jedem Wort knallte sie eine Schublade oder eine Schranktür zu.

Aaah! Sie sah rot. Abgerackert hatte sie sich, und dann kam dieser meckernde, geliebte . . . geliebte? geliebte! Mann. Oh, was war das? War aus dem heiteren Spiel wirklich Ernst geworden? Wie hieß das Sprichwort? »Wer sich in Gefahr begibt, kommt darin um!« Das ist jetzt bestimmt nicht der günstigste Augenblick, sagte sie sich, aber es wird Zeit, daß ich es mir eingestehe: Ich bin in ihn verliebt. Ganz von Sinnen bin ich.

Und ich will und kann nicht mehr klug und berechnend sein. Er wird mir den Betrug sowieso nie verzeihen. Ich will weg. Ganz weit weg. Ich gehe nach Berlin zurück. Oder nach New York!

Sie warf sich auf das Bett und ließ den Tränen ihren Lauf. Der Plan war vielleicht gut gewesen. Doch er hatte ihr Herz nicht mit einbezogen, ihr törichtes Herz, das sie empfindsam und verletzlich machte.

Laura schluchzte ihren ganzen Kummer heraus. Auch die verlorenen Jahre mit Frank in Berlin, diese furchtbare Erstarrung, als er sie wegen einer anderen verlassen hatte, und nun die Enttäuschung über Eberhardt Bercken strömten zusammen und ließen sich doch nicht ganz hinausspülen.

Schließlich erhob sie sich, ging ins Bad und goß sich das eiskalte Wasser aus dem Hahn übers Gesicht. Dabei schluchzte sie ab und zu noch auf wie ein Kind, das sehr geweint hat. Dann kämmte sie energisch ihre duftigen Haare durch, zog die Lederjacke über, nahm den Koffer und verließ die Räume, in die sie mit so vielen Hoffnungen eingezogen war.

Schleppend stieg sie die Treppe hinunter. Ihr Koffer war schwer. Doch schwerer wog ihr Herz.

Am Fuß der Treppe stand Eberhardt Bercken. Sie wollte trotzig an ihm vorbeischlüpfen, aber da war ihr das Gepäck doch erheblich im Wege. Er faßte einfach nach dem Koffer und stellte ihn ab. Dabei hielt er sie am Ellenbogen fest. Es war ein Griff, aus dem sie sich gewiß nicht selber befreien konnte.

Als er verheiratet war, hatte er in seiner übergroßen Verliebtheit seiner jungen Frau täglich eine dieser weißen Orchideen zu ihrem Frühstücksgedeck stellen lassen. Gerade diese weiße, zartlila gesprenkelte Sorte gehörte immer noch in seiner Erinnerung zu Gabriele und damit zu dem Verrat und dem Schmerz, den sie ihm zugefügt hatte. Das konnte dieses Mädchen ja nicht wissen. Sie hatte ihm eine Freude machen wollen. Und er mußte sie vor den Kopf stoßen! Ja, wie ein übler Kerl hatte er sich benommen. Er hätte ihr gern gesagt, weshalb ihm die Sicherung durchgebrannt war. Doch sie ließ nicht mit sich reden. Und nun mußte er auch noch Gewalt anwenden!

Zum erstenmal sah er sie mit gelöstem Haar. Wie schön das aussah!

Er zog sie am Ellenbogen zu sich herum und flehte: »Ren, schauen Sie mich an. Ich hab's nicht so gemeint. Wollen wir uns wieder vertragen?«

Sie hatte geweint! Ihre blauen Augen waren noch ganz umflort. Sie hob die Lider und sah ihn unglücklich an. Er konnte nicht anders: Er beugte sich hinunter und küßte sie auf die Stirn, auf die Wangen, wohin er eben traf mit seinen Lippen, und dann erwischte er ihren Mund.

Aber sie preßte die Lippen aufeinander.

»Nein, nein, es ist alles verfahren. Kaputt. Schief gelaufen«, murmelte sie unglücklich. Er hatte sie losgelassen. Ratlos stand er da. Kenne sich einer in den Frauen aus!

Jetzt nahm dieses entzückende Exemplar den Koffer und verließ das Haus.

Eberhardt konnte nur noch halbwegs geistesgegenwärtig wieder den Gepäckträger spielen. Er öffnete ihr sogar die Tür zu ihrem kleinen roten Flitzer. Sie stieg ein, startete und trat gleich den Gashebel durch. Eberhardt stand in einer kleinen Staubwolke da, als sie sein Leben verließ.

Wie ein großer Bär, den ein Geschoß getroffen hat und der spürt, daß irgend etwas mit ihm nicht mehr stimmt, brummte Eberhardt leise vor sich hin, schüttelte den Kopf, stand wie erstarrt und schlurfte schließlich ins Haus zurück.

Im Herrenzimmer ließ er sich schwer auf den breiten Schreibtischstuhl plumpsen. Er starrte die Orchidee an. Sie schimmerte unschuldig schön in ihrer Kristallvase. Was bin ich für ein Narr!, dachte Eberhardt. Nun habe ich noch einmal meine Chance im Leben gehabt. Und habe sie vertan.

In dieser Nacht leerte er das große Whiskyglas mehrmals. Er schlief gleich auf dem Ledersofa. Arco ließ sich platt auf das Fell daneben sinken. Sein Herr stöhnte furchtbar im Schlaf. Er hatte nicht mit Kronenkorken spielen wollen und war überhaupt eine echte Lusche gewesen. Da konnte ein netter Hund nur den neuen Tag abwarten.

In aller Herrgottsfrühe stapfte und polterte der Herr vom Berckenhof bereits umher. Aber selbst bei seinen Pferden, die ihm sonst immer Kraft und Ruhe gaben, fand er heute keine Entspannung.

»Was ist denn los? Is was?« erkundigte sich Fritz Meerkamp.

»Was soll denn los sein? Nun ja, unsere Gehilfin ist

gestern abend abgereist. Im Sturm. Ich war der Dame wohl nicht zart und fein genug.«

Meerkamp betrachtete seinen Herrn prüfend. Donnerwetter, der hatte ganz schön zu kauen an der Sache. Er würde von seinem Verdacht lieber nichts erzählen. Einen kleinen Wink konnte er aber immerhin geben.

»Sie könnten doch noch mal mit ihr reden. Ist ja eigentlich schade. Vielleicht rufen Sie einfach bei den Pluttkortens an? Die müssen doch Bescheid wissen«, schlug er listig vor.

So, wenn da etwas nicht stimmte, und es stimmte etwas nicht!, dann würde der Herr das ganz allein herauskriegen.

»Keine üble Idee«, gab Eberhardt zu. Seine Stimmung hob sich wie ein Drachen im Herbstwind.

Natürlich, er war doch ein Mann der Tat. Also würde er etwas gegen diesen lastenden Kummer unternehmen.

Als erstes ließ er im Gewächshaus sämtliche weißen, zartlila gesprenkelten Orchideen schneiden. Die wickelte er in Seidenpapier und fragte Frau Paulsen, die sich gerade ihre erste Tasse Kaffee an diesem Tag zu Gemüte führte: »Hier sind zwanzig Mark. Kann Ihr Sohn wohl mal schnell mit seinem Motorrad nach Pluttkorten fahren und die Blumen abgeben? Für die Damen des Hauses. Oder warten Sie, ich schreib das noch auf ein Kärtchen . . .«

Frau Paulsen war voll im Bilde. »Soll wohl als ›Postellon Amor‹ gehen, mein Sohn, was?«

»Einen ›Postillon d'amour‹ stelle ich mir anders vor, Frau Paulsen«, sagte Eberhardt und errötete leicht. »Ist überhaupt Unfug.«

Ungeduldig wartete Eberhardt bis elf Uhr, das war eine schickliche Zeit für einen Anruf.

»Pluttkorten«, meldete sich eine angenehme Frauenstimme.

»Hier Bercken. Entschuldigen Sie bitte, gnädige Frau, aber ich mache mir Sorgen. Ihre Enkelin, Fräulein v. Sorppen, hat Berckenhof gestern abend in . . . nun, in ziemlicher aufgeregter Verfassung verlassen. Ich wollte mich nur erkundigen, ob alles in Ordnung ist?«

»Das ist sehr aufmerksam, Herr v. Bercken. In der Tat, die junge Dame war sehr aufgebracht. Nun, tausend Dank für die wunderschönen Blumen! Sie sind ja ganz entzückend. Auch meine Enkelin läßt sich bedanken.«

»Kann ich . . . kann ich das Fräulein Ren . . . äh . . . Sorppen bitte kurz sprechen?«

»Tut mir leid. Sie ist nicht im Hause. Sie hatte noch etwas zu erledigen. Ich glaube, sie hat etwas von ›Reisebüro‹ gesagt, kann mich aber täuschen«, legte Amélie Pluttkorten listig eine Mine. Nun, gelogen hatte sie nicht direkt. Gestern abend hatte die kleine Laura Kringel höchst aufgeregt bei ihr angerufen. Sie war in Engenstedt angekommen und hatte ihren lieben Bruder mit einer seiner Freundinnen angetroffen. Sie hatten dann lange telefoniert, und Amélie hatte Laura geraten, auf keinen Fall aufzugeben. »Wir müssen unser Konzept etwas ändern, das ist alles. Es sei denn, Sie haben gar kein Interesse mehr an dem Plan, liebes Kind.«

»Ich . . . oh . . . ich habe sehr großes Interesse«, hatte Laura versichert. Amélie Pluttkorten hatte in sich hineingeschmunzelt. In jeder Frau steckt eine kleine Kupplerin. Doch dann jammerte Laura: »Es ist doch alles sinnlos. Wenn er die Wahrheit erfährt, wird er tödlich gekränkt sein. Nein, ich reise ab. Danke für alles, gnädige Frau!«

Die echte Renate v. Sorppen hatte aus dem Bericht, den ihre Großmutter ihr gab, auch eigene Schlüsse gezogen.

Dieser Mike Kringel hatte also schon wieder eine Freundin im Haus gehabt. Ein richtiger Wüstling! Der mußte wirklich mal einen Denkzettel kriegen. Und Renate Sorppen war genau die richtige, ihn zu verpassen.

Für Mike Kringel kamen schwere Zeiten. Er hatte sich als Zuschauer so recht behaglich gefühlt. Und auf einmal saß er selber in der Patsche. Das wußte er natürlich noch nicht, als er mit Lauras rotem Sportwagen nach Engenstedt fuhr.

Sein Auto war plötzlich nicht angesprungen. Da war es am besten, sich persönlich zur Reparaturwerkstatt zu bemühen und ein bißchen Dampf dahinter zu machen. Außerdem wollte er mal wieder einen kleinen Abstecher nach Gran Canaria machen und zu diesem Zweck das Reisebüro aufsuchen. Wenn die Leute inzwischen zu seinem Kollegen abwanderten mit ihrem Tierpatienten — die kamen schon wieder zurück. Spätestens, wenn der seinen Urlaub machte.

»Na, Doktorchen, mal wieder ein bißchen Sonne buchen im trüben Herbst?« fragte die Verkäuferin all der Hochglanzträume hinter dem Tresen im Reisebüro.

»Tach, Schätzchen. So ist es«, sprach Mike. Die beiden hatten sich nach einer kurzen, aber stürmischen Affäre auf diesen freundlich vertraulichen Ton geeinigt.

»Eine Person, für den Anfang?«

»Na klar.«

»Und wieder Maspalomas mit Sonnengarantie und all den Minikinis?«

»Möglichst mein Appartemant, Schätzchen, deshalb komme ich ja jetzt schon.«

Während sie den Computer befragte, war draußen Eberhardt Bercken vorbeigerauscht. Als er den roten Flitzer mit der Berliner Nummer sah, durchfuhr es ihn wie ein Feuerstoß.

Rens Auto! Vor dem Reisebüro! Jetzt würde er noch einmal in aller Ruhe mit ihr reden.

Kein Platz mehr zum Parken. So ein Mist. Also: flink den nächsten Parkplatz ansteuern. Zu Fuß zurückspurten. Weg! Das Auto war weg.

Eberhardt trat ein. Natürlich war auch keine Ren mehr da. »Entschuldigen Sie bitte«, fragte er die junge Angestellte, »ich meinte hier vorhin eine Bekannte gesehen zu haben. Sie müßte gerade weggegangen sein.«

»Wie sollte sie aussehen?«

»Oh, jung und hübsch. Blond.«

»Nein, so eine junge Frau war überhaupt nicht hier. Ich habe vorhin lediglich einen Herrn bedient. Herrn Dr. Kringel, den werden Sie ja wahrscheinlich auch kennen?«

»Ja, wir sind befreundet«, sagte Eberhardt geistesgegenwärtig. »Hat er zufällig gesagt, wohin er wollte? Ich hätte ihn ganz gern gesprochen.«

»Nö. Das heißt, doch. Er sagte, er muß noch zur Reparaturwerkstatt. Sein Auto ist schon wieder mal nicht angesprungen, und er hat sich den Wagen von seiner Schwester ausgeborgt. Was die sich in der Werkstatt aber auch zurechtpfuschen. Meins war vorige Woche . . .«

»Verzeihung!« rief Eberhardt und ließ sich die Beschreibung der Unbill entgehen, »ich hab's furchtbar eilig!«

Draußen mußte er sich jedoch eine Sekunde lang an die Schaufensterscheibe lehnen. »Buchen Sie das Abenteuer«, stand auf dem Plakat dahinter. Nun, Abenteuer konnte man auch gleich in Engenstedt haben. Offenbar war er, Eberhardt v. Bercken, gerade mittendrin.

In seinem Kopf fand ein komplettes Feuerwerk statt.

Gedanken schossen wie Raketen durch seinen Kopf, dann ging plötzlich blendend hell ein Flammenrad auf. Wieso fuhr Mike Kringel, der Ortscasanova, in dem roten Flitzer einer gewissen Ren v. Sorppen?!

Das ließ verschiedene Schlüsse zu. Erstens: Er hatte sich bereits hinterrücks an die Lady herangepirscht, vielleicht gar schon zu der Zeit, als sie noch Volontärin bei ihrem Opa auf Pluttkorten war. Möglich, daß der durchtriebene Bursche ihr sogar den Rat gegeben hatte, sich zu bewerben beim dummen Bercken. Er fuhr ihr Auto. Man mußte also recht gut bekannt sein.

Zweitens: Mike hatte Eberhardts Lobtiraden gelauscht, sich mit der Hübschen in Verbindung gesetzt und nun, da sie von Eberhardt weg war, sofort seine Chance wahrgenommen. Fragte sich nur, weshalb er hier in ihrem Auto rumgondelte.

Drittens . . . da ging das Flammenrad auf! Eberhardt hatte sich schon in Bewegung gesetzt. Jetzt stockte er und schloß wie geblendet die Augen.

»Herr v. Bercken, ist ihnen nicht gut?« fragte ihn die Frau vom Drogisten.

»Doch, vielen Dank für die Nachfrage, Frau Schmidt, es war nur eine ganz flüchtige Kreislaufschwäche, glaub ich.« So war das in kleinen Städten. Jeder kannte jeden. Wahrscheinlich war er längst zum Gespött geworden mit seiner Assistentin, die mit Mike Kringel kramte. Mit diesem Filou, diesem miesen Freund . . . was war das eben gewesen? Drittens . . .

»Ich Trottel!« sagte er laut. Natürlich. Mikes Schwester Laura lebt in Berlin. Viele Leute leben dort, das ist klar. Doch dieser »Zufall« hätte mir gleich auffallen müssen. Wäre ich nicht so verunsichert gewesen durch diese süße Person, hätte ich mich nicht so hereinlegen lassen. Denn ich bin geleimt worden. Nach Strich und Faden. Und das hat natürlich Michael Kringel, genannt Mike, auf dem Gewissen.

Oh, dieser Schlawiner. Dieser Verräter. Das werde ich ihm heimzahlen! Und ihr auch! Dieses kleine Luder! Ich habe natürlich gleich gemerkt, daß es mit ihrer landwirtschaftlichen Ausbildung nicht weit her ist. Mit Pferden kann sie umgehen. Sie hat ein eigenes Pferd, da ist das kein Wunder. Und von Buchführung versteht sie wirklich etwas. Hat Mikes Schwester nicht Volkswirtschaft studiert? War sie nicht irgend etwas mit Steuer . . . Steuerberaterin. Ja, das war's!

Wie sie wohl über mich gelacht haben! Ihm brach der Schweiß aus bei dem Gedanken: die Geschwister, die sich köstlich amüsierten. Ren — ach was, von wegen Ren, Laura hieß sie! Laura, die genaue Berichte über den Frauenfeind gab und sich vor Lachen wälzte. Und Frau v. Pluttkorten? Sie mußte ja eingeweiht sein, sonst hätte sie am Telefon nicht so reagieren können. Unglaublich! Mike mußte die alte, ehrbare Dame herumgekriegt haben.

Nach und nach gingen noch mehrere Lichtlein an. Das letzte steckte der alte Meerkamp ihm auf.

»Tscha, ich hab mir wohl gedacht, daß die Neue nicht die Enkelin von Pluttkortens sein könnte. Ich glaubte, ehrlich gesagt, daß sie Herrn Dr. Kringels Schwester ist.«

Eberhardt hätte am liebsten gebrüllt und mit den Füßen gestampft. Doch er nahm sich zusammen und fragte ganz leise:

»Und warum haben Sie mir das nicht verraten, Meerkamp?«

Der Alte schniefte ein paarmal. Donnerwetter, der Herr

111

war aber mächtig wütend. Wenn er so leise sprach, dann mußte man sich bei ihm vorsehen.

»Tscha, ich dachte, sie würde Ihnen vielleicht guttun, Herr Baron«, verkündete er sehr formell. »Niedlich ist sie ja. Ich meine, eigentlich ist sie große Klasse. Das sieht auch ein alter Mann.«

Wider Willen mußte Eberhardt lächeln. »Niedlich ist sie in der Tat, Meerkamp. Jetzt passen Sie mal auf. Was auch passiert, Sie halten jetzt auch den Mund, nachdem sie ihn bereits zu lange gehalten haben. Ich habe nämlich einen Plan.«

»Ich schweige wie ein Grab«, versprach Meerkamp und drückte vor Erleichterung feierlich die Hand aufs Herz. Alles hätte er versprochen. Hauptsache, der große Eberhardt, der für ihn auch immer noch ein bißchen der kleine Eberhardt von früher geblieben war, zürnte ihm nicht mehr.

Not macht erfinderisch, heißt es. Aber Liebe macht vielleicht noch erfinderischer. Natürlich gab Eberhardt Berkken nicht einmal sich selber zu, daß er in Laura Kringel, die sich bei ihm als »Ren« Sorppen ausgegeben hatte, unsterblich verliebt war.

Er dachte an ihre umflorten Veilchenaugen, als sie mit dem schweren Koffer die Treppe hinuntergekommen war. Sie hatte geweint! Also war sie gar nicht so kühl, wie sie sich sonst gegeben hatte. Er mochte zwar keine mauzenden, weinerlichen Frauenzimmer, aber wenn eine wie diese Laura seinetwegen weinte, war das selbstverständlich etwas ganz anderes.

Ihr Haar! Wer hätte gedacht, daß dieser stramme Zopf, den sie im Nacken aufgesteckt getragen hatte, eine solche goldene Fülle ergab, wenn man ihn auflöste. Eine Woge aus Gold und reifem Korn.

Jetzt kam auch der Moment, in dem er sich nicht länger um die Erkenntnis herumdrücken konnte, daß er sie auf die Augen, auf die Stirn, die Wangen geküßt hatte – und auf den Mund!

Ich habe mich hinreißen lassen, dachte er, und es war angenehm. Nein, es war herrlich. Es war überwältigend! Sie hat nicht zurückgeküßt. Aber etwas sagt mir, daß sie nicht so kühl ist, wie sie tut. Mike hat sie zu diesem Versteckspiel angestiftet. Im Grunde sind wir also beide Opfer, sie und ich.

Ein kleiner Denkzettel für sie ist aber angebracht. Und Mike . . . na, dem werde ich jetzt mal eins überbraten. Wenn er denkt, er habe die List für sich gepachtet, dann irrt er sich gewaltig.

So wurde Frau Paulsen erneut gefragt, ob ihr Sohn wohl noch einmal, nach der Arbeit, mit dem Motorrad nach Pluttkorten knattern könne, um einen sehr eiligen Brief abzugeben.

Frau Paulsen griente wie Kommissar Derrick und sagte: »Aha! Sie wollen wohl bei dat gnä' Fräulein die Inazitive ergreifen?«

Eberhardt lächelte in sich hinein. Frau Paulsen hatte nun mal diese unselige Schwäche für Fremdwörter, die sie sich nicht richtig merken konnte. Trotzdem traf sie ja den Nagel auf den Kopf, wenn sie vermutete, Herr v. Berkken würde jetzt die Initiative ergreifen. So war es geplant.

Der Brief war ein Meisterwerk.

»Liebes Fräulein v. Sorppen, liebe Ren«, stand da, »zuerst entschuldige ich mich, daß ich mich so als wilder Mann aufgeführt habe. Mit dieser Sorte Orchideen hingen für mich sehr schmerzliche Erinnerungen zusammen, doch jetzt habe ich sie mit Ihrer Hilfe überwunden.

Ich hoffe also sehr, daß Sie Ihren Entschluß rückgängig machen und wieder nach Berckenhof zurückkehren. Meiner Bitte schließen sich Arco, Dannyboy und Carmencita herzlich an. In allem Ernst ist es so, daß ich Ihre Arbeitskraft sehr schwer entbehren kann.

Sie haben sich in die Bücher so vorzüglich eingearbeitet. Sie haben frischen Wind in das ganze Haus gebracht. Ich würde mich freuen, wenn Sie einfach und ohne große Umstände wieder ihre Räume bezögen! Erwarte Sie stündlich. Es grüßen herzlich Frau Paulsen und Fritz Meerkamp und Ihr sehr ergebener Eberhardt Bercken.«

Arco hatte sie zuerst bemerkt. Er war gerade in ein besonders heftiges Gefecht mit der schwarz-weißen Katze verwickelt. Die hatte ihm wieder eins hinter die Ohren gegeben, um sich danach auf den Nußbaum zu retten, aber sie mußte ja wieder runterkommen, dann würde er sie wegjagen. Er warf einen drohenden Blick nach oben und knurrte wahrhaft furchterregend. Seine Erzfeindin fauchte wie ein Tiger. Da lenkte Arco ein Geräusch ab, das er kannte, dann kam schon der liebliche Duft in seine Nase. Arco wetzte los und winselte entzückt. Wie ein Kreisel sprang er um die wundervolle Person herum, die gerade aus dem roten Flitzer stieg.

»Arco, ja, braver Hund«, schmeichelte Laura und hockte sich nieder, um ihn zu umarmen. »Hoffentlich freut sich dein Herrchen auch so sehr«, sagte sie.

»Tut er. Aufrichtig«, sagte Eberhardt. Laura erhob sich und errötete sanft. Sie hatte wieder ihren strengen, strammen Zopf, die kleine Heuchlerin. Sie wußte natürlich nicht, was er schon wußte. Dachte, er hielte sie immer noch für Fräulein Renate v. Sorppen. Von wegen! Am liebsten hätte er sie wieder geküßt, doch er nahm beherrscht ihren Koffer und trug ihn zurück ins Haus.

»Ich möchte noch etwas mit Ihnen besprechen«, sagte er.
»Nehmen Sie wieder einen Whisky pur?« Er schmunzelte.
Seit er wußte, daß Mike Kringel hinter der Intrige steckte,
war ihm auch klar, weshalb die junge Dame beim Genuß
ihres angeblichen Lieblingsgetränks immer so angewidert
den Mund verzog. Sie mochte gar keinen Whisky. Mike
hatte ihr nur verraten, daß dies das Lieblingsgetränk vom
dummen Bercken war, den man leimen wollte.
Aber eine kleine Strafe mußte sein. Er schenkte ihr einen
tüchtigen Streifen ins Glas. Sie nahm tapfer den ersten
Schluck.
»Fräulein v. Sorppen«, sagte Eberhardt und amüsierte
sich köstlich, »Sie sind doch sicher auch dafür, daß wir
vollkommen ehrlich zueinander sind?«
Sie nickte verlegen.
Eberhardt fuhr fort: »Deshalb muß ich Ihnen noch etwas
erzählen. Ich war neulich in Engenstedt und sah zufällig
Mike Kringel in Ihrem Wagen. Also konnte ich mir leicht
zusammenreimen, daß Sie und Herr Kringel befreundet
sind. Ja, ich vermute jetzt sogar, daß er Ihnen den Tip
gegeben hat, sich bei mir zu bewerben. Was Sie nicht
wissen konnten, ist dies: Eigentlich wollte ich keinesfalls
eine Frau einstellen. Inzwischen bin ich da anderer Meinung. Aber für seine Hinterlist möchte ich dem Kerl noch
einen kleinen Streich als Strafe spielen. Ich nehme doch
an, oder bin vielmehr sicher, daß Mike in Sie verliebt ist?!«
Laura senkte den Kopf.
»Natürlich ist er das. Würden Sie mitspielen, wenn ich
ihm erklärte, daß wir beide . . . nun, daß wir zu heiraten
gedenken? Nur, um ihm ein bißchen einzuheizen? Denn
das kann einem Schwerenöter wie Mike gewiß nicht
schaden! Was meinen Sie, Ren?«
Sie sah sehr verwirrt aus. Und sehr süß, fand Eberhardt.

Jetzt wußte sie natürlich nicht, was sie machen sollte. Zugeben, daß sie Mikes Schwester Laura war und somit riskieren, alles zu verderben, was gerade so gut lief? Oder weitermachen wie bisher und abwarten, was daraus wurde?

Sie atmete tief ein und sagte fest: »Ich mache mit!«

»Wunderbar. Dann werde ich ihn mal gleich anrufen. Ich lade ihn für heute abend ein. Ist Ihnen das recht?«

»Ja.«

Eberhardt war klar, daß Laura sich, sobald er das Haus verlassen hatte, mit ihrem Bruder Mike und vielleicht sogar mit Madame Pluttkorten in Verbindung setzen würde, um den weiteren Schlachtplan zu besprechen. Aber auch er hatte seine Strategie fertig.

Er guckte noch schnell in die Küche. »Frau Paulsen, heute abend kommt Herr Kringel zum Essen. Also bitte ein Gedeck mehr«, ordnete er freundlich an.

Frau Paulsen starrte ihn fragend an. Irgend etwas war hier im Busch. Sie hörte immer das Gras wachsen.

»Ich mache Schampeljongs und Biffsteck und hinterher Ommlett zur Prise«, gab sie bekannt.

»Sehr schön, Frau Paulsen«. Eberhardt wußte längt, daß es sich hier um Beefsteak mit Champignons und Omelette surprise als Nachtisch handelte. Es war nämlich Frau Paulsens Lieblingsmenü für kleinere Gelegenheiten. Sie kochte es meistens.

Eberhardt stapfte in die Stallungen. Es war schön, zu wissen, daß diese angenehme Person wieder hinter dem Schreibtisch saß. Aber er durfte jetzt keine Fehler machen. Er durfte sich nicht hereinlegen lassen. Das war er sich selber schuldig.

Mike lacht sich ins Fäustchen, wenn ich hier um seine Schwester herumbalze. Die Pluttkortens werden die

Geschichte überall zum besten geben. Zum Beispiel bei ihren Abendgesellschaften. Und Laura wird mich für einen Trottel halten, den man einfach nicht für voll nehmen kann. Selbst wenn sie mich mag, wird in ihrem tiefsten Herzen die Erinnerung an einen netten, aber dämlichen Kerl festhaken.

«Nein, nein, kommt nicht in Frage», sagte er laut.

»Was kommt nicht in Frage?« fragte der alte Meerkamp, den Eberhardt gar nicht bemerkt hatte, weil er so in Gedanken war.

»Gott, Meerkamp, Sie können einem aber wirklich einen Schrecken einjagen!«

»Na, sonst sind Sie nicht so schreckhaft, Herr Baron.«

»Nun sparen Sie sich mal Ihre Anspielungen. Sie ist wieder da. Und ich weiß schon, was ich tue.«

Meerkamp sah ihn ruhig an und wiegte den Kopf.

»Wenn ne Frau im Spiel ist, wissen die klügsten Männer manchmal nicht mehr, was sie tun, wenn ich mir die Bemerkung gestatten darf.«

Eberhardt lachte laut auf. »Sie dürfen, Meerkamp, Sie dürfen. Sie sollten einen Bercken jedoch nicht unterschätzen.«

»Wo steckt denn der Arco eigentlich?« fragte Meerkamp. »Sonst fällt man doch beinahe über ihn, wenn Sie in der Nähe sind.«

»Arco liegt unter dem Schreibtisch. Er geht unserer Assistentin nicht von der Pelle. Ist außer Rand und Band.«

Meerkamp feixte grimmig. »Genau das wollte ich ausdrücken, Herr Baron! Insofern sind Hunde auch Menschen!«

Eberhardt gestand sich ein, daß er höchst nervös war. Ja, er befand sich in einer Verfassung, die geregeltes

Arbeiten fast unmöglich machte. Was tat ein richtiger Mann in solchen Situationen? Er ging der Gefahr entgegen!

Beim Mittagessen — es gab Frau Paulsens brillantes »Zusammengekochtes« — zeigten sich Laura und Eberhardt in feinster gesellschaftlicher Form. Sie plauderten über dies und das und waren sehr höflich und ziemlich kühl zueinander.

Dann sagte Eberhardt: »Ich muß nachher zum Förster. Es wäre vielleicht ganz gut, wenn Sie mich begleiten, Fräulein Sorppen. Danach können Sie dann auch selbständig mit ihm die nötigen Maßnahmen besprechen.«

»Wann fahren wir, Herr Bercken?«

»Wir fahren nicht. Wir reiten. In einer halben Stunde?«

»In Ordnung.«

Es war ein kühler, sonniger Tag. Das Laub glänzte rotgolden und goldgelb, als sie in den Wald einritten. Eine große schwarze Krähe meldete mit lautem Krächzen den Waldtieren, daß hier Eindringlinge kamen, und andere Vögel nahmen die Warnung auf und gaben sie weiter.

Bei jedem Windhauch lösten sich Sterntaler von den Bäumen, fielen schmeichelnd auf Reiter und Rosse, lagen auf den Mähnen der Tiere, und auch in Lauras blondem Haar hatte sich ein Blatt verankert, wie eine Agraffe, die eine Fee mit leichter Hand gespendet hatte.

Laura ritt Dannyboy. Sie hatte darum gebeten.

»Er erinnert mich an meinen ›Luxor‹«, hatte sie gesagt und ihre Augen hatten eine Sekunde lang verräterisch geschimmert.

»Aber er ist sehr eigenwillig.«

»Ich glaube, er mag mich.«

Ja, er mochte sie ganz offensichtlich. Eberhardt beobachtete, wie der schwarze Ire willig und geschmeidig unter ihr ging. Wie sie sich hinabbeugte, wenn ein Zweig ihn streifte und er auf seine wilde Art zusammenzuckte, um ihm den Hals leicht zu klopfen. Und wie er dann gesammelt den Kopf anhob und ruhig weiterging.

Die Schneise wurde breiter, und sie ritten jetzt nebeneinander. Carmencita suchte Dannyboys Nähe. Eberhardt sah das Mädchen an seiner Seite an. Arco wetzte übermütig ein Stück vor und wieder zurück. Ein Mann, ein Pferd, ein Hund, ja, das war Eberhardt v. Bercken als Glück erschienen. Erst jetzt wußte er wieder, wieviel zum Glück noch gefehlt hatte.

Diese Frau neben ihm, im gleichen Rhythmus bewegt, der Kreatur und der Natur so hautnah verbunden, ihr Atem, der als leichtes Wölkchen in der Luft stand.

Jetzt ihr Lächeln. Wie ihre Augen blitzten, sie waren viel heller als sonst. Und auf ihren Wangen lag ein frisches Rot, das nicht aus dem Tiegel stammte. Und nun ließ sich auf dem Kragen ihrer Pepitajacke ein Sonnenkäfer nieder.

Als sie beide im selben Augenblick antrabten, wußte Eberhardt, daß dies einer der unvergeßlichen Augenblicke im Leben war, die nachher die Erinnerung ausmachen, ein Besitz, den einem niemand wieder nehmen kann.

Bei dem Gespräch mit dem Förster, das sich um Hege und Pflege von Wild und Baumbestand drehte, stellte Laura sich sehr verständig an. Sie tranken den dünnen Kaffee, den die Försterfrau ihnen anbot, wie das köstlichste Getränk. Und zurück legten sie auf freiem Feld einen Galopp vor, gaben die Pferde frei, flogen dahin, herrlich gelöst, ihre Herzen schlugen leicht und unbeschwert.

Eberhardt spürte, daß Laura genau wie er empfand. Mit

einer Frau so reiten zu können, das bedeutete schon etwas.

»Brav, Dannyboy, brav!«, rief Laura.

Dann kamen sie an den Bach. Flüchtig kam Eberhardt der Gedanke, daß er gar nicht wußte, ob Laura geübt im Springen war.

Doch da hatte sie schon den Absprung gefunden. Mit gestrecktem Hals und gewölbtem Rücken federte der Schwarze über das Hindernis, setzte sicher auf, und im selben Augenblick flog auch Carmencita, die Leichtfüßige, mit ihrem ganzen Temperament und fast spielerischer Kraft hinüber.

Arco warf einen leidenden Blick zum Hundehimmel empor. Das Bubenstück kannte er schon, mit der Nummer wurde er immer wieder hereingelegt. War er ein Springhund? Leider ja.

Da war es das mindeste, daß er sich nach dem Sprung mit lautem Gekläff um ein Lob bewarb. Nun, damit knauserten sie wirklich nicht. Und was tat ein Hund nicht alles, um Herrchen und Frauchen zufriedenzustellen!

Als Laura und Eberhardt in vorzüglicher Stimmung auf Berckenhof einritten, stand Meerkamp vor der Tür zu den Pferdestallungen.

»Nixi hat Schwierigkeiten mit dem Fohlen«, sagte er. »Ist auch keine gute Zeit dafür.«

Nixi litt in langen Wehen. Sie zitterte und sah die vertrauten Menschen mit einem Blick an, der zu fragen schien: »Warum helft ihr mir denn nicht?«

Flockiger Schweiß bedeckte ihr Fell.

»Wir müssen sofort den Doktor benachrichtigen«, ordnete Eberhardt an.

»Ist schon geschehen«, sagte Meerkamp nur knapp.

»Und? Kommt er?«

»Er müßte unterwegs sein.«

So kam es, daß Mike Kringel sich sein Beefsteak mit Champignons erst noch angestrengt verdienen mußte. Endlich war dann ein nasses Bündelchen auf der Welt.

»Eine junge Dame«, sagte Mike, »und ganz die Mama!«

Nixi war eine Isabelle, gelbes Fell mit weißer Mähne, ein zierliches Prachtwesen, dem man es kaum zutrauen konnte, daß es ein Füllen austrug. Man sah, daß sie stolz und erleichtert war. Und nun erhob sich das neue Wesen und stakste auf dünnen, zittrigen Beinchen zu seiner Mutter. Mit schlafwandlerischer Sicherheit fand es die Quelle, die nur für sein Weiterleben sprudelte. Da brauchte es nicht lange zu überlegen, stupste das Mäulchen dagegen und trank genüßlich.

Gerührt sahen die Geburtshelfer dieser Szene zu. Wie oft hatten sie das schon gesehen? Und doch war es wieder bewegend, mitzuerleben, wie ein Geschöpf sich auf den Lebensweg machte.

Elf Monate hatte Nixi ihr Kind getragen, nun stand sie ruhig und verantwortungsbewußt still, verleugnete ihr quirliges Temperament, damit ihr Füllen es bequem hatte.

Ein wenig von der Harmonie dieses Anblicks malte sich auch auf den Gesichern der Zuschauer.

»Kommt ins Haus«, sagte Eberhardt Bercken. Seine Stimme war rauh vor Rührung. »Sie auch, Meerkamp.«

»Ich komme nach«, versprach der alte Mann, der schon ganzen Schwadronen auf die Welt geholfen hatte. Es gab keine Routine, wenn es um seine geliebten Pferde ging.

Eberhard hatte beobachtet, wie sich Laura und Mike fest in die Augen sahen. Bestimmt hatten sie ihr weiteres Verhalten schon am Telefon abgesprochen. Nur ich bin der große Unbekannte, dachte Eberhardt und schmunzelte in sich hinein.

»Wir feiern mit Champagner. Heute habe ich die Spendierhosen an«, meldete er.

Er selber holte den »Dom Perignon« und ließ den Korken mit sanftem Plopp frei.

»Es gibt in der Tat einiges zu feiern«, erklärte er, nachdem er eingeschenkt hatte. »Einmal haben wir also Nixis Fohlen, und es verspricht eine Schönheit zu werden. Vielleicht wird es Rennen gewinnen. Ich meine, es ist einen Schluck wert, dieses freudige Ereignis im Pferdestall.«

Laura, die vorher recht ängstlich geguckt hatte, trank sichtlich erleichtert. Doch da fuhr Eberhardt schon fort:

»Bevor wir uns Frau Paulsens köstlicher Küche widmen, gibt es noch ein zweites Ereignis zu begießen.«

Er hätte am liebsten laut heraus gelacht. Wie bänglich jetzt der Blick des Fräulein Laura Kringel wurde, das immer noch glaubte, er hielte es für Fräulein Sorppen, Pluttkortens Enkelin!

»Mike, du erfährst es natürlich zuerst. Fräulein Sorppen hat sich entschlossen, die Probezeit in ein festes Engagement umzuwandeln.«

»Na, da gratuliere ich aber!«

Der Heuchler!

»Ja, und noch etwas. Wir verraten es ihm, nicht wahr, Ren? Wir haben vor, uns in aller Form zu verloben. Das Engagement ist nämlich nicht beruflicher, sondern sehr persönlicher Natur!«

»Herzlichen Glückwunsch«, quetschte Mike hevor. Haha, jetzt saß er in der Klemme. Sie hatte ihm gewiß mitgeteilt, daß die »Verlobung« nicht ernst gemeint war. Andererseits hoffte er vielleicht dennoch, daß sich zwi-

122

schen Freund und Schwesterlein etwas so Überwälti-
gendes anbahnte, daß der Freund ihm und ihr schließlich verzeihen würde, daß sie sich eigentlich nur einen
Jux mit ihm hatten machen wollen.

»Komm zu mir, Liebling«, sagte Eberhardt weich. Sie
trat an seine Seite, und er legte ihr den Arm um die
Schulter. Laura errötete wie Götterspeise und wurde
noch roter, als sie das bemerkte.

Er stieß sein Glas gegen ihr Glas. Es gab einen ganz
hellen, schwingenden Klang. Dann drehte er sie leicht
zu sich herum und beugte sich zu ihr und küßte sie auf
den Mund.

Lauras Knie wurden weich. Sie wollte sagen: Schluß
damit. Es ist doch alles gar nicht wahr. Aber seine
Nähe, sein Mund auf ihrem Mund, die zärtliche Art, in
der er »Liebling« gesagt hatte. . . das war es doch, was
sie wünschte und träumte, seit sie zum erstenmal als
erwachsene Frau in seine Augen geschaut hatte.

Mike Kringel atmete tief ein und nahm dann erst einmal
einen tüchtigen Schluck Schampus. Er verstand die Welt
nicht mehr. Nichts war so, wie es schien. Alle benah-
men sich anders, als ihre Rollen im Leben es ihnen
eigentlich vorschrieben. Er blickte einfach nicht mehr
durch.

Da schmuste Eberhardt, dieser spröde Mann, der sonst
keine Frau mehr in seine Nähe ließ, mit Laura, die er für
eine andere hielt. Denn daß Eberhardt in der Lage war
sich zu verstellen, konnte man getrost ausschließen.
Nun ja, er verstellte sich ja schon.

Was Mike aber so ganz besonders verwirrte, war dies:
Eberhardts Getue mit »komm zu mir, Liebling« und
Lauras offensichtliche Verwirrung schienen ihm nur die
Fortsetzung einer Erfahrung zu sein, die Mike am Nach-

123

mittag gemacht hatte. Da war sein Weltbild total ins Wanken geraten.

Ich war doch immer ein Spezialist für »Liebe am Nachmittag«, dachte Mike trübe. Und ausgerechnet mir mußte das passieren! Mir läuft es ja immer noch heiß und kalt über den Rücken. Noch ein solches Erlebnis, und Dr. med. vet. Kringel ist reif für den Seelendoktor.

6

Mike Kringel war gerade mit seiner Sprechstunde fertig, als seine Hilfe ihm den Telefonhörer hinhielt.

»Ein dringender Fall auf Pluttkorten, Herr Doktor«, sagte sie. Bei dem Wort »Pluttkorten« läuteten neuerdings bei Mike alle Glocken. Genau gesagt, seit er Renate v. Sorppen tief in die Augen gesehen hatte.

»Kringel.«

»Sorppen.«

Sie war dran!

»Ich höre, daß es einen dringenden Fall gibt?« legte er denn auch gleich mit dem Flirt los. »Ist es etwas Persönliches?«

»Etwas sehr Persönliches«, flötete Renate. »Ich fühle mich hier auf dem Lande ziemlich einsam . . .«

»Dann treffen wir uns doch. Oder Sie kommen her und sehen sich meine Video-Sammlung an . . .«

»Ich hatte eine andere Idee: Ich lade Sie ein zu mir. Meine Großeltern haben heute ihren Bridgetag bei Freunden. Ich bin ganz allein . . .«

Mike überlief ein wohliger Schauer. Donnerwetter, das konnte doch wohl nur eins bedeuten. Etwas Unmißverständliches.

»Ich bin berühmt für mein Talent, ländliche Einsamkeit zu zerstreuen«, balzte er.

»Kommen Sie bitte gleich. Ich warte ungeduldig«, schnulzte sie so richtig vampig durch die Leitung.

»Ich eile!!!«

Die Sprechstundenhilfe, Frau Müller, gestählt im jahrelangen Umgang mit diesem Schwerenöter, für den sie selber zum Glück zu alt, zu unscheinbar und zu glücklich verheiratet war, seufzte nur resigniert. Wieder ein Opfer! Die Frauen waren zu dämlich. Er brauchte ja wirklich nur abzukassieren. Gab es denn gar keine Zurückhaltung mehr?

Mike fochten solche Überlegungen verständlicherweise nicht an. Laut pfeifend, gelegentlich auch »Chachacha!« rufend, zog er sich sein neues, gestreiftes Hemd, die neuen, passenden Socken, die neuen, schicken Boxershorts und die neue Nappalederjacke an, rollte noch etwas Deo über die Brust und versprühte dezent sein »Armani«. Dann hüpfte er in sein Auto, schickte einen Stoßseufzer gen Himmel, daß es anspringen möge und wurde erhört.

Es war herrliches Wetter. Erobererwetter!

»Chachacha!« schrie Mike und dachte an die dunklen Augen, die süßen Kurven, das Lockenköpfchen, die ganze, entzückende Person. Er war Kenner. Sie würde ihn nicht enttäuschen.

Auf dem Pluttkortenschen Anwesen parkte er seinen Wagen dezent seitwärts. Erstens brauchte der Verwalter ihn nicht zu sehen. Zweitens war es besser, heimlich, still und leise zu sein, denn schließlich wollte man eine Dame nicht ins Gerede bringen.

Kaum hatte er das gedacht und, nach allen Seiten sichernd, den Hof betreten, da brach es wie Wotans Wilde Jagd herein. Eine riesige Gänseherde, angeführt von einem furchterregenden Ganter, brauste flügelschlagend mit einem Affenzahn und schier höllischem Gebölke auf ihn zu. Mike wußte natürlich, daß wütende Gänse im Angriff nicht zu unterdrücken waren. Er versuchte den Ganter am Hals zu packen. »Du Mistvieh!«

schrie er und rupfte seine neue Lederjacke aus dessen Schnabel.

Der Verwalter kam angetrabt, und gemeinsam, mit vielem »Schschsch!« und »Wollt ihr wohl!« trieben sie die Tiere, deren Vorfahren immerhin mit ihrem Lärm schon einmal das Capitol gerettet hatten, dorthin zurück, woher sie gekommen waren: hinter einen Drahtzaun. Neben der Pforte aber stand Renate v. Sorppen, machte ein schuldbewußtes Gesicht, hatte sogar den Finger in den Mund gesteckt wie ein kleines Mädchen. Ihre Augen blitzten keck.

»Tut mir leid!« rief sie. »Ich habe aus Versehen das Gitter offengelassen. Ach du Schreck, lieber Doktor, ist etwas kaputtgegangen!?«

Mike keuchte zwar noch heftig. Und mit der Geheimhaltung war's ja jetzt auch vorbei. Doch er benahm sich wie ein echter Kavalier.

»Keine Affäre«, versicherte er weltmännisch. »Alles in Ordnung. Das kleine Loch in der Jacke macht der Schneider mir heil. Und die Hose . . . nun ja. Die auch.«

»Sicher wollten Sie meine Großeltern besuchen«, sagte sie heuchlerisch, während der Verwalter sich kopfschüttelnd um die Pforte und die Tiere kümmerte. »Sie sind leider nicht da. Kommen Sie doch trotzdem auf einen Sprung mit hinein. So, wie Sie aussehen, brauchen Sie einen Cognac.«

Sie führte ihn durch die Halle, die breite Treppe hinauf, einen langen, verwinkelten Gang entlang, und dann in einen Raum, der, nun ja, der ganz eindeutig ein Wohn-Schlafzimmer war. Mikes Stimmung hob sich, sein Herz schlug sofort in dem erwartungsvollen Rhythmus von vorhin.

»Ja, hier wohne ich«, sagte Renate. »Ich hoffe, daß es

wirklich der Beginn einer schönen Freundschaft zwischen uns wird, wie Sie neulich sagten, Mike. Ich irre mich doch wohl nicht in der Annahme, daß Sie die Absicht haben, mich zu verführen?«

»Wie bitte?!«

Mike sah sie an. Er war völlig perplex. So etwas sagte eine Dame doch nicht! Es gibt doch gewisse Spielregeln. Und da war stets der Mann der Eroberer, die Frau tat bis zuletzt möglichst so, als wisse sie gar nicht, um was es ging.

Sie sah aus wie ein übermütiger Kobold. Hinter ihren vollen, roten Lippen schimmerten sehr weiße Zähne, Ihre Augen strahlten. »Nein, nein, nein, nein, Mike, Sie dürfen sich nicht so zieren«, sagte dieses bildhübsche Geschöpf jetzt auch noch, »ich fühle doch, daß Sie es auch wollen. Sträuben Sie sich nicht. Komm sagen wir doch Du zueinander, ja?«

»Was soll denn das?!« protestierte Mike.

»Aber das weißt du doch, Liebster. Laß mich nur machen. Du bist etwas schüchtern, gell? Warte, ich helfe dir.«

Sie trat zu ihm und begann energisch seine Jacke zu öffnen und sein neues, gestreiftes Hemd aufzuknöpfen.

Na gut. Dann würde er eben mitspielen. Aber das richtige war's nicht. Er umarmte sie ungelenk. Doch gleich entzog sie sich ihm.

»Ich habe eine Idee«, sagte sie. »Bleib hier stehen und rühr dich bitte nicht.«

Sie ging zu den Fenstern und zog die Rollos herunter. Dann schaltete sie die Nachttischlampe ein, breitete ein rotes Tuch über den Schirm. Aus der Schublade zauberte sie ein Flacon hervor und versprühte überall im

Zimmer ein widerlich süßlich riechendes Parfüm, indem sie kokett hin- und herging.

»Ich hüpfe nur eben ins Bad, um mir etwas Leichtes anzuziehen«, wisperte sie affektiert. »Aber vorher vielleicht noch etwas Musik?«

Sie legte eine Uralt-Kassette mit dem schluchzenden Bing Crosby auf, lächelte falsch und verschwand im Bad.

Mike stand da wie vom Donner gerührt. So was! Die benahm sich ja wie ein Hollywood-Vamp von 1930. Wie Mae West. Und dabei stammte sie doch einwandfrei aus gutem Hause. Die Emanzen heutzutage — also, die schreckten vor nichts zurück.

Da war sie schon wieder. Mike rüstete sich innerlich auf. Er mußte jetzt seine männliche Überlegenheit beweisen, darauf kam es an. Er trat mit ausgebreiteten Armen auf sie zu, um das Ritual, das er schon so oft und mit so vielen verschiedenen Frauen vollzogen hatte, auszuführen. Allerdings hatte er es immer lieber gesehen, wenn er eine gewisse Anlauf- und Werbezeit bei ihnen hatte. Hier ging es ja wie beim Automaten, Geldstück rein und Ware raus. Diese Emanzen hatten keine Ahnung, um was sie sich brachten.

»Renate. Meine Süße«, säuselte er, da wehrte sie ab.

»Mike, ich habe eine wundervolle Idee. Wir sollten erst noch gemeinsam ein Kapitel aus dem ›Kamasutra‹ lesen, die Indische Liebeslehre, was meinst du, wie uns das einstimmen wird.«

Sein Gesicht wurde lang. Ja es bekam sogar einen etwas schafigen Ausdruck.

»Indische Liebeslehre? Wozu soll denn das gut sein!?«

»Für die Technik, Lieber. Erzähl mir nicht, daß du Erfahrung hättest.«

Jetzt wurde er ernstlich wütend. Wie hatte er sich gefreut

vorhin. Und dann die Gänse! Und nun dies. Diese Gans!
Jawohl!
Er riß sie in die Arme. Sie juchzte auf. »Vorsicht, denk an
das Vorspiel«, mahnte sie sachlich.
Mike bemühte sich nach Kräften. Das konnte doch nicht
wahr sein. Nein! Das war ihm doch noch nie passiert!
Dieses Biest hatte ihn mit ihrer Masche völlig aus der
Stimmung gebracht. Und nun sagte Renate auch noch
heuchlerisch: »Aber das macht doch nichts, Lieber.
Jedem Mann kann das zustoßen. Und du hast eben keine
großen Erfahrungen, gell?«
Er schlich wie ein geprügelter Hund zu seinem Wagen.
Als Sieger hatte er hineinspringen wollen, chachacha!
Und nun? Waterloo!
Ein Mann war für den Angriff gemacht. Ein Stürmer war
er. Sturm aus der anderen Richtung vertrug er nicht. Du
hast dich blamiert, Mike, sagte er sich. Das erstemal in
deinem Leben hast du dich blamiert. Sie hat dich aus
dem Konzept gebracht. Das läßt sich nicht mehr mit
Wasser abwaschen. Und er beschloß, komme, was da
wolle, diese Renate Sorppen eines Tages in den Armen
zu halten und ihr zu zeigen, wer Mike Kringel wirklich
war.
»Ich will, daß du mich liebst«, sagte er laut, und dann
erschrak er. Nanu? Auf die Liebe der Frauen hatte er
doch sonst nicht gerade Wert gelegt. Sie war so hinder-
lich in der Stunde des Abschieds. Aber diesmal . . .
diesmal war es anders. Er lächelte plötzlich und murmelte: »Ich habe eine ebenbürtige Gegnerin gefunden.
Die Schlacht ist noch nicht entschieden.«
Renate schlich mit wankenden Knien die Treppe hinunter und schenkte sich den Cognac ein, den sie Mike
versprochen hatte. Es hatte geklappt! Aber: War es auch

richtig? Hatte sie ihn etwa endgültig vergrault? Oder hatte er den Denkzettel jetzt tief in seinem Innern? Den Denkzettel an eine Frau, die er nicht ex und hopp vernaschen konnte? Er war hinreißend gewesen in seiner Ratlosigkeit. Der verführte Verführer. Bring einen Routinier aus dem Konzept, und er steht da wie der Ochse vor dem Tor. Ein sehr, sehr lieber Ochse, dachte Renate. Einer, der mir sehr gefallen könnte.

Sie räkelte sich in dem schweren Sessel, dessen Ausmaße sie besonders zierlich erscheinen ließen. Die dunklen Haare bauschten sich widerspenstig wie eh und je. Mit ihrem lebhaften Gesichtchen, dem vollen, roten Mund, dem bräunlichen Teint und der zierlichen Nase hätte sie ein Hirtenknabe sein können, von Meister Murillo für die Ewigkeit gemalt. Aber ihr Figürchen ließ keinen Zweifel daran, daß es sich hier nicht um einen Knaben handelte. Die zartgrüne Seide des Negligés, in dem sie vorhin Mike Kringel außer Fassung gebracht hatte, rundete sich sanft über dem Busen und floß dann, nach Empire-Art, weich bis zu den nackten Füßen mit den rotlackierten Nägeln. Sie zog jetzt die Beine hoch und überlegte. Der nächste Schritt mußte nun von Mike Kringel ausgehen. Und er würde ihn tun, da war sie ziemlich sicher.

Lieber Himmel, dachte sie, in der Stadt wäre das alles unmöglich. Man hastet, man kommt gar nicht zur Besinnung. Es fehlen die Muße und der Luxus der Gefühle. So etwas gedeiht nur, wenn man bis zum Horizont gucken kann. Man fühlt sich dem Leben näher. Das muß an der Landluft liegen!

Mike betrat seine Wohnung in gänzlich anderer Stimmung. Zum Glück war die Müllerin schon weg. Er sah sein Bild im großen Spiegel auf der Diele und guckte schnell wieder weg. Der Landstreicher mit den zerrissenen Klamotten und dem belämmerten Gesicht – das konnte eben doch wohl nicht der gepflegte, tolle Dr. Kringel, der sieghafte Liebling der Frauen gewesen sein?!

Seine Sprechstundenhilfe wußte zwar mehr über ihn als alle anderen Frauen, aber so hätte er sich nicht einmal ihr gern präsentiert.

Ob Renate Sorppen die Gänse extra rausgelassen hatte, um ihn zu erschrecken? Zuzutrauen war's ihr. Ja, und wenn ihr das zuzutrauen war, dann konnte sie auch die merkwürdige Szene im Schlafzimmer veranstaltet haben, um ihn . . . Natürlich! Das raffinierte Biest hatte ihm eins auswischen wollen, das würde alles erklären. Nur nicht meine Trotteligkeit, dachte Mike wütend. Da brauen wir Pläne für Eberhardt zusammen, halb Spiel, halb Ernst. Und dann geht der erfahrene Kringel gleich auf den nächsten Leim. Jawohl, die Dame hat mich geleimt. In jeder Illustrierten kann man nachlesen, daß Männer sich gar nicht so unschwer aus der Fassung bringen lassen, wenn man ihnen ihre eingeübte Rolle nimmt.

Mike hing halb in seinem weißen Lieblingsledersessel und wirkte, als hätte ein Tippelbruder sich in eine Möbelausstellung verirrt. Die schöne, neue Montur war ein Opfer der Gänse geworden. Na wartet, dachte Mike, der nächste Gänsebraten wird mir besonders gut schmecken! Und du, Miss Renate Sorppen, wirst auch noch kriegen, was dir zusteht. Das ist mir glatt mehrere Lederjacken wert!

Als das Telefon klingelte, dachte er flüchtig, sie riefe an, um ihn zu trösten. Vielleicht sogar noch einmal einzuladen?

Aber der Anruf kam vom Berckenhof. Eine schwere

Geburt, der Doktor mußte kommen. So zog er sich hastig um. Nicht einmal zum Duschen war noch Zeit. Was für ein gräßlicher Nachmittag!

Beim fünften Versuch sprang sein Wagen wirklich an. Nun ja, er war auch gerade in der Werkstatt gewesen. Mike fuhr in schlechtester Laune den Weg nach Berckenhof. Die Dämmerung sank. Der goldene Sonnenball verschwand in einer Orgie von Rot, Lila und Orange am Ende der Welt. Ein Eichhörnchen machte am Straßenrand Männchen. Die Baumwipfel erstarben in Purpur.

Dann stach die kleine Turmspitze des Herrenhauses aus dem Wäldchen hervor. Und oben auf dem Dach flatterte die alte Wappenfahne der v. Bercken. Mike atmete tief ein. Sein Herz wurde weit. Er liebte Schönheit so sehr. Wie schön war seine Heimat. Die Natur ließ einen nie im Stich. Sie lachte einen Mann nicht aus. Sie spielte ihm keine Streiche.

Später, als sie die Geburt von Nixis Fohlen und die »Verlobung« von Laura und Eberhardt feierten, war Mike eher in einem Zustand dumpfer Bedrückung. Er liebte seine Schwester und mochte es gar nicht mit ansehen, wie sein Freund sie beschmuste und befummelte, während sie sich das wie ein hypnotisiertes Kaninchen gefallen ließ.

Gern hätte er reinen Tisch gemacht, doch er wollte natürlich seiner Schwester nicht in den Rücken fallen.

Nach Tisch saßen Laura und Eberhardt dicht nebeneinander auf dem Sofa. Er legte ihr den Arm um die Schulter, zuweilen die Hand aufs Knie, lehnte seine Schläfe an ihre blonden Haare und schien sehr glücklich zu sein. Er würde ganz schön wütend werden, wenn er merkte, daß seine Auserwählte gar nicht Fräulein Ren v. Sorppen, sondern Mikes Schwester Laura war. Hoffentlich wollte er sich dann nicht mit Mike duellieren. Er war manchmal schrecklich altmodisch!

Eberhardt war wirklich glücklich. Endlich hatte er einmal die Fäden in der Hand. Die süße Person neben ihm zitterte wie Espenlaub. Und Mike – na, der guckte wie eine Kuh, wenn's donnert. Eberhardt brachte sein ganzes schauspielerisches Temperament ein, um die beiden über seinen Wissensstand zu täuschen. Es war mehr, als er je für möglich gehalten hatte.

Jetzt lehnte er sich gemessen zurück und sprach:

»Lieber Mike, ich hätte eigentlich erwartet, daß du mehr strahlen würdest, wenn ich mich zu einer neuen Bindung entschließe. Du siehst so sauertöpfisch aus. Ist was?« Und er zwinkerte Laura recht auffällig zu. »Sag mal, Mike, wir drei können doch offen reden. Bist du etwa auch verliebt in Ren?«

»So ein Blödsinn!« rief Mike spontan, um sich dann zu verbessern: »Ich meine, natürlich ist Ren bezaubernd, aber wir kennen uns ja kaum . . .«

Bis auf die Tatsache, daß sie deine Schwester ist, dachte Eberhardt grimmig. Na, warte!

Kaum war Mike gegangen, da wurde Eberhardt Bercken wieder ganz kühl und offiziell. »Ich glaube, das genügt. Er hat sich geärgert, nicht wahr? Danke, daß Sie mitgespielt haben, Fräulein v. Sorppen. Er ist nämlich ein Casanova. Ja, allen Ernstes. Ich weiß auch nicht, was die Frauen an ihm finden. Vielleicht spüren sie, daß unter seinem albernen Gebalze ein wirklich netter Kerl steckt. Nun darf ich mich verabschieden. Ich habe noch zu arbeiten. Schlafen Sie gut. Gute Nacht.«

»Gute Nacht«, stotterte Laura. Sie war so aufgewühlt und erhitzt von seinen Liebkosungen. Und nun ließ er sie einfach im Stich. Tat so, als sei sie ein Gegenstand.

Nicht reizvoller als Frau Paulsen. Arco blickte ratlos von seinem Herrn zu seinem neuen Liebling. Wem sollte sich ein unparteiischer Hund nun anschließen? Dann wählte er den Herrn. Er warf Laura noch einen liebevollen Hundeblick von unten herauf zu, bevor er neben Eberhardt aus der Tür schlüpfte.

Der ließ sich im Herrenzimmer auf seinen Schreibtischsessel fallen und stützte den Kopf in die Hände. In ihm brodelten Gewalten, denen er sich ganz ausgeliefert fühlte. Ihre Nähe! Das duftende, weiche Haar an seiner Schläfe! Ihre angstvollen, meerblauen Augen! Diese zarte Haut, das bezaubernde Erröten, die warmen, vollen Lippen, die gezittert hatten, als er seinen Mund darauf drückte. Aus einem Spiel war Ernst geworden. Lange konnte er die Verstellung nicht mehr durchhalten.

Er wußte: Ich muß die Karten auf den Tisch legen. Was aber, wenn die Frau, die ich liebe, sich gekränkt abwendet? Wenn sie nicht versteht, daß ich nicht der tumbe Tor sein will und kann. Daß ich sie erobern muß und nicht als Opfer einer lustigen Verschwörung in einem fein geknüpften Netz zapple? Ich bin ein Mann, ein Bercken! Kein Piesepampel, Himmel noch mal!

Aufstöhnend hob er den Kopf. Anstelle der sanften Orchidee prangte nun ein knalliger Busch pinkfarbener und sonnengelber Winterastern in einer blauen Vase.

Dann dachte er an Mike Kringel und lächelte grimmig. Dieser Bursche! Weil es mit gutem Zureden nicht geklappt hatte, wollte er seinen besten Freund ins Garn locken. Mit wildfremden Leuten machte er ein Komplott. Scheute nicht einmal davor zurück, seine Schwester als Preis auszusetzen. Er verdiente einen Denkzettel, und nicht zu knapp.

Eberhardt erhob sich und stellte das Radio an.

»Wir bringen nun Blues um Mitternacht, liebe Hörer und Hörerinnen«, raunte eine dunkle Frauenstimme. Und dann setzte wie ein Schock die unvergängliche Musik von Duke Ellington ein. Wehmut und Jubel zugleich, ein Klang, der die Menschen schützend und tröstend umfing wie zärtliche Arme.

Eberhardts Züge wurden weich.

Arco, der sich ausnahmsweise auf dem Fell neben dem Sofa niedergelassen hatte, setzte sich auf und reckte ein bißchen den Hals.

»Fang bloß nicht an zu singen«, warnte Eberhardt. »Kusch, braver Hund!«

Es gab nämlich bestimmte Melodien und Instrumente, die Arco aus dem Stand in einen fulminanten Sänger verwandelten. Dann reckte er die Schnauze gen Himmel, verdrehte die Augen und jaulte in höchsten Tönen mit. Klavierspiel etwa regte ihn zu Höchstleistungen an. Aber auch Blues hatte er gern.

Arco schielte noch einmal zu Herrchen. Sonst lachte es immer, aber heute war's wohl nicht angebracht, hier ein Konzert zu geben.

»Pschscht!« flüsterte Eberhardt. Arco ließ sich wieder hinsinken und schloß die Augen zum Zeichen, daß keine Gefahr mehr drohte. Aber da hörte er seinen Herrn doch leise glucksen. Ja, Eberhardt hatte sich gefangen. »Jetzt werden wir unseren Doktor Kringel mal im eigenen Saft garkochen, was Arco?« sagte er. Der gute Hund öffnete die Augen und legte den Kopf schief. Eberhardt hob den Telefonhörer ab und wählte Mikes Nummer.

Laura war wie gehetzt in ihre kleine Wohnung hinaufgerannt. Sie hatte das Fenster weit geöffnet und sich hinausgelehnt. Der sonnige Tag war in eine klare Nacht übergegangen. Der Mond hing wie ein schiefer Lampion am blauschwarzen Himmel, und ein Paar nachtdunkle Wolken zogen wie riesige Walrosse zwischen den Glühlämpchen der Sterne dahin.

Der Park lag schweigend. Wie ein Wall umfing er das Anwesen, das große Geviert der Gebäude, dem einige brennende Laternen einen heimeligen Anstrich gaben.

Laura atmete tief ein, und Tränen traten in ihre Augen. Leidenschaft und Traurigkeit erfüllten sie ganz. Sie traute sich nicht mehr, das Spiel weiterzuspielen. Es gab keinen Joker, der sie noch hätte retten können, seit sie wußte, wie sehr sie diesen Mann liebte. Ja, sie liebte schon alles hier. Die Tiere, die Häuser, das Herrenhaus, jeden Baum und jeden Weg. Und wußte doch, daß ihr Aufenthalt nur am seidenen Faden hing.

Er wird mich feuern. Rausschmeißen wird er mich, dachte sie ganz entsetzt. Ich konnte doch nicht ahnen, daß er mir so viel bedeuten würde, sonst hätte ich mich auf diesen Blödsinn gar nicht erst eingelassen. Hat man jemals eine so festgefahrene Situation gesehen? Er denkt, er habe Mike eifersüchtig gemacht. Was wird er tun, wenn er erfährt, daß Mike mein Bruder ist und wir uns die ganze Zeit über ihn lustig gemacht haben? Dazu noch mit Beteiligung fremder Leute wie Renate und beiden Pluttkortens! Ja, Amélie v. Pluttkortens Geschichte hat uns überhaupt auf die Idee gebracht. Sie meinte, was früher gegolten hätte, ginge auch heute noch. Stimmt eben nicht. Die Menschen sind nüchterner geworden, auch argwöhnischer. Man spielt nicht mehr, sondern läßt spielen – Fernsehen, Stereo, Computer. Amélie v. Pluttkorten ist alt. Sie wußte das nicht. Aber sie hat schuld! Jawohl!

Laura trat vor den Spiegel. In der kühlen Nachtluft, die

hereinströmte, stand sie lange da und sah sich an. Vor dem Essen hatte sie ihre Reitkleidung mit einem weich fließenden, wollweißen Kleid vertauscht. Die blonden Haare fielen üppig über ihre Schultern hinab. Blond und weiß, und der zart teefarbene Ton der Haut, und im Hintergrund der satte Mahagoniton der Möbel, die sich spiegelten und das Licht der Lampe in leuchtenden Reflexen auf sich sammelten. Der Spiegel mit seinem goldenen Rahmen gab das Bild wie ein Gemälde wieder. Fast könnte ich eine Braut sein, dachte Laura. Doch das sollte ich mir gleich aus dem Kopf schlagen. Ich bin eine moderne, junge Frau und muß die Dinge sehen, wie sie sind.

Sie wandte sich entschlossen ab und zog ihr Kleid über den Kopf. Erst einmal werde ich überhaupt nichts unternehmen, entschied sie, da lasse ich die Dinge laufen. Für einen Rausschmiß ist es immer noch früh genug, und wie sagte Oma immer? »Kommt Zeit, kommt Rat.« Na, den könnte ich brauchen.

Laura schloß das Fenster und stellte leise das Radio ein. »Wir bringen nun Blues um Mitternacht«, kündigte eine Frauenstimme an. Laura schloß die Augen. Diese Musik paßte zu ihrer aufgewühlten Stimmung.

Doch nach einer Weile erhob sie sich und stellte sie wieder ab. Es war zuviel. Sie brauchte Ruhe. Ich werde kein Auge zutun, dachte sie und deckte sich das weiche Schmusekissen, das sie außer dem großen Kopfkissen hatte, über das Ohr. Laura war eine gesunde, junge Frau. Es dauerte nicht lange, und sie schlief selig.

Mike Kringel war inzwischen zu Hause angekommen. Sonst pflegte er sich nachts, nach überstandenen Abenteuern, gern noch einen starken Tee zu machen. Mit viel

Honig und einem kleinen Schuß Rum genossen, war das seiner Meinung nach ein wahres Lebenselixier.

Heute jedoch sank Mike sofort auf sein weißes Sofa und grübelte dumpf vor sich hin. Keine Spur von dem fröhlichen Eroberer, der er sonst war. Auf der Rückfahrt von Berckenhof war die Nacht so schön gewesen und hatte auf ihn fast wie ein Hohn gewirkt. »Aus Spiel wird Ernst«, das war ja eine Redensart, die man so hinquasselte. Wer dachte denn wirklich, daß ein Scherz sich so zuspitzen könnte?

Sein Schwesterchen! Die kleine Laura! Da kam sie aus Berlin zu ihrem Bruder, um eine schwere Enttäuschung in der Liebe zu überwinden. Hatte sich von einem Mann getrennt, mit dem sie schon über ein Jahr lang unglücklich gewesen war. Und nun schlidderte sie gleich in die nächste Krise. Denn es war einfach zu spät, das Ganze Eberhardt nur als kleinen Scherz aufzutischen. Eberhardt war schwerblütig.

Es ist uns über den Kopf gewachsen, sinnierte Mike gerade, und dazu kommt noch meine Blamage bei Renate. Da läutete das Telefon.

Mike zögerte zwei Sekunden lang. Die letzten Anrufe hatten ihm ja nicht gerade Glück gebracht. Doch dann siegte die Neugier.

»Mike, alter Junge«, dröhnte Eberhardt ausgeschlafen aus dem Hörer. »Sag mal, bist du zu Fuß gegangen?! Ich hab schon mehrmals versucht, dich zu erreichen. Mal von Mann zu Mann: Wie findest du sie? Ist sie nicht entzückend? Kann sie nicht sogar einen alten knöchernen Hinrich wie mich wieder zum Leben erwecken? Und das nicht zu knapp, kann ich dir sagen . . .«

Mike entschloß sich augenblicklich, endlich die Wahrheit zu sagen. Das hätte er längst tun sollen!

»Hör mal, Eberhardt, ich muß dir was sagen . . .«, begann er vorsichtig. Zum Glück war er hier vor einem direkten Zugriff sicher.

Eberhardt unterbrach ihn:

»Sag nichts, alter Freund. Ich weiß, was du meinst. Habe es deinen Blicken angesehen. Du bist selber verliebt in sie! Stimmt's?«

»Eberhardt, es ist so . . .«

»Mach dir da mal gar keine Sorgen. Du kennst mich. Vor einer Bindung hätte ich Heidenangst. Nein, ich finde das Mädchen süß. Warum sollte ein normaler Mann so ein bezauberndes Angebot ablehnen? Im Vertrauen, ich hab sowas schon gelesen. Junge Damen suchen sich einen Job, um ein nettes Abenteuer zu erleben. Sie ist nämlich nicht wirklich vom Fach, mußt du wissen, und ich habe das gleich bemerkt. Ren weiß schon, worum es geht. Wir haben Spaß miteinander, dann zieht sie weiter. Vielleicht zu dir, alter Junge?! Wer weiß!? Halt dich mal ran . . .«

»Eberhardt, jetzt hör mir gefälligst zu!«

»Also, Mike, ich muß zu ihr. Ein andermal, ja? Freut mich, daß sie dir auch gefällt. Männer werden gern um ihre kleinen Freundinnen beneidet, stimmt's?«

»Sie ist meine Schwester, du Trottel. Du Wüstling! Es ist Laura!!« schrie Mike in die Muschel. Aber sein Freund Eberhardt, dieser gemeine Mensch, hatte schon aufgelegt.

So ein Mistkerl! Mike sprang auf und stapfte im Zimmer auf und ab. Hört überhaupt nicht zu! Benimmt sich . . . benimmt sich wie ich sonst!

Wie ich sonst? Hoho! Na, so streng will ich nun aber mal nicht mit mir sein. Es geht hier schließlich um Laura. Ich muß etwas unternehmen. Sie ahnt doch nicht, daß er sie nur durch den Kakao zieht.

Er stürzte erneut zum Telefon und wählte Eberhardt v. Berckens Nummer. Niemand meldete sich. Sicher hielt er jetzt die arme Laura in den Armen.

Mike stürzte zum Fenster und riß es auf. Der Schweiß brach ihm aus, wenn er sich die Szene vorstellte.

Er versuchte noch einmal, telefonisch Kontakt zu bekommen und ließ es klingeln, klingeln, klingeln . . .

Nichts!

Wie konnte Mike Kringel ahnen, daß Eberhardt mit grimmigem Lächeln neben dem Apparat saß und sich köstlich amüsierte?

»Siehst du, Arco, jetzt hat er die Hosen voll«, sagte der Herr auf Berckenhof zu seinem Hund, der den Kopf schief legte und ihn etwas beunruhigt ansah. Manchmal waren die liebsten Menschen sehr merkwürdig.

»Da kann er lange klingeln«, freute Eberhardt sich, »auf Berckenhof ist Funkstille. Jawohl, mein lieber Dr. med. vet. Michael, genannt Mike, Kringel!« Er rieb sich die Hände.

Arco schöpfte neue Hoffnung und holte seinen Kronenkorken unter dem Sofa hervor. Während das Telefon läutete, servierte er Herrchen die Beute, und siehe da: Der stieß sie mit der Fußspitze fort. Arco war mit einem Satz dran und apportierte vergnügt. Seine Welt war wieder in Ordnung.

Laura hatte einen sonderbaren Traum. Zuerst ging sie durch eine lange, helle Straße, die sie nie vorher gesehen hatte. Etwas schimmerte im Licht einer Straßenlaterne. Sie ging neugierig darauf zu. Sogar im Traum fiel ihr ein, daß es schon Abend und sie hier ganz allein war. Sie blickte sich um und ging dann zu dem blitzenden Ding neben der Laterne. Es war ein blankes Markstück. Sie hob es auf und steckte es in die Tasche des weichen Pelzmantels, den sie trug. Aber was war das? Daneben blinkte es, und dort, und dort! Lauter nagelneu aussehende, blanke, blinkende Markstücke!

Sie sammelte und sammelte, und auf einmal war sie am Ende der Straße angekommen. Zwei finster blickende Männer kamen ihr entgegen. Sie kehrte eilig um. Die Taschen ihres Mantels waren schwer. Sie spürte, daß sie nur langsam vorwärtskam. Entsetzt bemerkte sie, daß auch aus der anderen Richtung zwei finstere Gesellen ihr entgegentraten. Sie hatten Knüppel in den Händen und lange Bärte und . . . hier gerann ihr das Blut, schwarze Masken vor den Gesichtern.

Sie schrie, sie rief etwas . . . »Eberhardt!« hörte sie sich rufen, als sie halb erwachte, doch da hob sie sich schon vom Boden ab, konnte plötzlich die Arme ausbreiten und federleicht dahingleiten. Fliegen! Ich fliege!, dachte die schlafende Laura staunend. Eine Wiese war unter ihr, vielleicht zwanzig Meter hoch darüber flog sie ruhig dahin. Sie trug nun ein wehendes, federleichtes Kleid. Und um sie herum schwirrten wie kleine Sterne die blitzenden Münzen.

Sie sah hinunter, ohne Angst, mit einem ungeheuren Glücksgefühl. Ja, es war die Koppel von Berckenhof. Dannyboy und Carmencita trabten dort über Gras und dicke, gelbe Butterblumen und Wiesenschaumkraut und lila Kuckucksblumen.

Ein leichter Wind bewegte das Zitterkraut wie das Wasser eines Weihers. Eine kleine Nebelwolke senkte sich herab und auch sie selbst fühlte sich weich eingehüllt und sank zur Erde.

Als die Wölkchen sich verzogen hatten, trabte noch ein Pferd über die Weide. Ein Rappe, wie Dannyboy.

»Luxor!« rief sie. »Luxor!« Ja, es war ihr Pferd!

Das schöne Tier wieherte, und da ritt sie auch schon auf ihm dahin, Seite an Seite mit Eberhardt Bercken, wie sie neulich in Wirklichkeit neben ihm geritten war. Und sie glitten hinein in einen goldenen Sonnenball, der sich hinter ihnen schloß. Sie sah nichts mehr, doch sie fühlte die Nähe des geliebten Mannes, da hupte etwas, hupte gellend . . . was war das für ein Lärm? Eine Männerstimme, die ihr bekannt vorkam . . . und wieder eine Autohupe. Kläffen eines Hundes . . .

Plötzlich war Laura hellwach. Sie sprang aus dem Bett und wäre fast auf ihrem Schmusekissen ausgerutscht.

Was war los? Es war doch noch Nacht! Hatte sie geträumt? Träumte sie? Sie zog ein bißchen an ihrem Haar. Nein, sie war wach. Und das Geräusch war Wirklichkeit.

Laura rannte zum Fenster und blickte hinunter. Da stand ihr Bruder Mike neben seinem Auto. Oh, nein, eigentlich stand er nicht, sondern sprang umher wie Rumpelstilzchen im Märchen, nachdem die kluge Spinnerin seinen Namen genannt hatte.

Jetzt wetzte Arco zu ihm hin und begrüßte ihn mit freudigem Kläffen. Und da . . . Laura ging sofort hinter der Gardine in Deckung, da kam Eberhardt v. Bercken. Vollständig angezogen. Er konnte also noch gar nicht im Bett gewesen sein. Sonderbarerweise sah es jetzt so aus, als sei Mike wütend und Eberhardt gelassen.

Mike gebärdete sich sogar, als wolle er sich mit Eberhardt schlagen. Doch der faßte ihn am Ellenbogen. Ja, so hat er mich neulich auch angefaßt, dachte Laura mit einem kleinen, wohligen Schauer. Sehr fest, herrisch, unwiderstehlich. Dann hat er mich geküßt. Sie schloß die Augen. Ihre Knie wurden weich.

143

Als sie die Augen wieder öffnete, waren die Männer mitsamt dem Hund verschwunden. Nur Mikes alte Klapperkiste stand da als Zeuge, daß sie nicht geträumt hatte. Und drüben bei den Pferdestallungen . . . hach, da stand der alte Meerkamp, rauchte seine Pfeife und guckte in den allmählich dämmernden Morgen. Jetzt nickte er zweimal, dann stapfte er davon in Richtung Bett.

Was jetzt kam, konnte Laura sich nur allzugut ausmalen. Mike würde Eberhardt reinen Wein einschenken. Eberhardt würde tödlich gekränkt sein, denn schließlich hatten sie wirklich ein übles Spiel mit ihm gespielt, in dem er wie ein Trottel dastehen mußte.

Ob er sie, Laura, nun ausschlafen ließ und dann rausschmiß, oder ob Mike sie gleich »wecken« würde und Eberhardt die Geschwister Kringel gemeinsam feuerte — sein Zorn war ihr gewiß. Das Spiel war aus.

Warum soll ich das abwarten? Diese Schande und diesen Schmerz, dachte Laura mit fliegenden Pulsen. Nein, nein, ich werde mich einfach verdrücken. Wo ist mein Mantel?!

Sie warf hastig ein paar Sachen in ihre Tasche und rannte, wie von den Furien gehetzt, die Treppe hinunter, schlich in der gefährlichen Zone auf Zehenspitzen, zum Glück wußte sie inzwischen genau, welche Stufe knarrte. Und dann öffnete sie leise die schwere Haustür.

Hoffentlich blieb Arco ruhig! Auf der Flucht ertappt zu werden, das würde der Peinlichkeit ja noch die Krone aufsetzen.

Laura schlich, so leise sie konnte, zur Garage. Sie hatte über ihr Nachthemdchen einfach den Pelzmantel gezogen und fröstelte, halb vor Kälte, halb vor Aufregung.

Natürlich! Das hatte noch gefehlt! Ihr Bruderherz hatte seine Mühle so geparkt, daß sie nur mit Mühe und Not aus der Garage würde herausrangieren können. Bis dahin sind sie bestimmt da, fürchtete sie, und Eberhardt lacht mich aus, wie ich hier im Nachthemd abzischen will. Wie unbesonnen aber auch! Zum Glück habe ich wenigstens an den Garagenschlüssel gedacht.

Sie öffnete leise die Tür, stieg ein, gab Gas und ließ ihren kleinen Flitzer, der neben Eberhardts Prachtkarosse wie ein Zwerg aussah, sachte hinausgleiten, haarscharf an Mikes Gefährt vorbei, nun, ein ganz klein wenig hatte es geschrammt, doch darauf konnte sie jetzt einfach keine Rücksicht nehmen.

Sie bemerkte nicht in ihrer Anspannung, daß der alte Meerkamp keineswegs zu Bett gegangen war. Er stand vielmehr im Schatten eines Baumes und beobachtete schmunzelnd die Szene. Richtige Kindsköpfe waren sie allesamt, die Herrschaften. Aber das war schon immer so gewesen. Früher hatten sich die jungen Herren beim Studium in ihren Kneipen und mit ihrem Studentenulk ein bißchen die Hörner abgestoßen. Und die jungen Damen waren so streng gehalten worden, daß sie nur heimlich über Poesiealben und in der Laube beim Austausch von Tanzstundenheimlichkeiten kichern konnten, bevor der Ernst des Lebens begann. Heute wurden sie alle irgendwie später erwachsen. Sie hatten jede Freiheit. Es ging ihnen gut. Zu gut vielleicht? Na, es würde sich schon alles wieder einrenken. Fritz Meerkamp hatte schon viele Stürme miterlebt. Und hinterher, wenn die Sonne wieder rauskam, war der Himmel immer ganz besonders blank.

Laura fuhr durch das breite Sandsteintor, die Bäume des Parks schienen ihr zum Abschied zuzuwinken. Es war die Vertreibung aus ihrem Paradies. Und wie Eva hatte sie selber schuld daran.

Wohin soll ich jetzt bloß?, dachte Laura bänglich. Im Auto kann ich nicht bleiben, bis es hell wird. In ein Hotel möchte ich nicht gehen, weil ich so ohne Gepäck und ohne Strümpfe einen verlotterten Eindruck machen würde, selbst, wenn es mir gelänge, den Mantel zusammenzuhalten, daß man das Nachthemd nicht sieht.

Zu Herrn und Frau v. Pluttkorten darf ich um diese Stunde auf keinen Fall fahren. Die alten Herrschaften könnten sich zu Tode erschrecken, wenn sie mich so sehen. Und zu Mike . . . na, zu ihm möchte ich zu allerletzt. Das halte ich einfach nicht durch. Ich habe nicht einmal einen Schlüssel. Da müßte ich vor der Tür warten und würde total die Nerven verlieren.

Nach Berlin kann ich in diesem Zustand erst recht nicht. Also?

Ach, du lieber Himmel!

Allmählich war sie voller Selbstmitleid. Dann beschloß sie: Ich fahre einfach einen Ort weiter, wo mich mit Sicherheit niemand kennt, und da täusche ich eine Panne vor und benehme mich möglichst geschickt und kühl, dann werde ich schon in ein Hotel hineinkommen, ohne Argwohn zu erregen. Geld habe ich zum Glück bei mir. Ausweis auch.

Sie hatte das Bedürfnis, sich noch einmal umzuwenden nach Berckenhof. Doch sie rief sich zur Ordnung. Was man eingebrockt hat, muß man auslöffeln, sagte sie sich. Laura gab Gas. Ihre Augen blieben trocken.

Sie bog auf die Bundesstraße ein, die einen Bogen um Engenstedt herum beschrieb, und fuhr fast mechanisch dahin. Da wurde sie mit einem Ruck hellwach. Goldglänzend im Licht ihres Scheinwerfers, schürte ein Fuchs über die Straße. Er verhielt schimmernd einen Moment mitten in der Gefahrenzone. Laura bremste. Sie war

146

wieder voll konzentriert. Da verfügte sich Reinicke in majestätischer Ruhe auf die andere Seite der Chaussee und verschwand zwischen dem niedrigen Gesträuch, das die Straße säumte.

Es war ein märchenhafter Anblick gewesen. Fast unwirklich. Irgendwie hatte Laura das Gefühl, der Fuchs müsse ihr Glück bringen. Hatte er sie nicht sogar angesehen? Mit einem funkelnden Blick? Oder bildete sie sich das ein?

Jedenfalls hat er mich aufgeweckt, dachte sie. Jetzt gehe ich erst einmal mit mir selber zu Rate. Morgen ist auch ein Tag. Da werde ich die Dinge in die Hand nehmen.

Das Hotel »Zur Post« in dem kleinen Ort sah nett aus, alt und ein bißchen romantisch. Laura parkte das Auto ein Stück entfernt und stieg mit klopfendem Herzen aus. Daß man als Frau so unselbständig sein mußte! Über einen männlichen Gast um diese frühe, allzufrühe Tageszeit hätte sich wohl niemand gewundert, doch bei einer Frau machte es einen recht verdächtigen Eindruck, wenn sie ohne Sack und Pack durch die Gegend gondelte.

Der Ort war eher ein Dorf als eine Stadt. Die Straße lag in völligem Schweigen. Laura ging zur Tür des Hotels. Natürlich war sie verschlossen. Alles stockdunkel, verlassen, tot.

Sie drückte noch einmal die Klinke hinunter. Nichts. Aber daneben war ja eine Klingel! Sie atmete tief ein und drückte beherzt auf den Knopf. Wenn sie, passend zur idyllischen Straße, einen sanften Glockenton erwartet hatte, so sah sie sich völlig getäuscht.

Ein schrilles Signal gellte durchs Haus, als müsse eine Feuerwehrwache zum Einsatz befohlen werden. Fast zum gleichen Zeitpunkt erschütterte Hundegebell aus mehreren rauhen Kehlen die Mauern. Eine Männerstimme schimpfte und dröhnte und zeigte durch zunehmende Lautstärke an, daß ihr Besitzer näher kam.

Laura wandte sich halb um. Flucht! war ihr einziger Gedanke. Da knirschte bereits ein Schlüssel im Schloß und die Tür wurde aufgemacht, erst einen Spalt breit, dann ganz und gar. Drei Riesenköter glotzten Laura an, sahen auch gar nicht freundlich aus, warteten jedoch offensichtlich Befehle ihres Herrn ab.

Laura mußte den Kopf ziemlich in den Nacken legen, bis sie das obere Ende dieses Herrn erblickte. Eberhardt v. Bercken war ja nun gewiß nicht klein. Aber hier stand einwandfrei ein Riese.

Er hatte feuerrote Haare, die wild um den Kopf herumstachen, was allerdings kein Wunder war, da der Mann sicher gerade aus seinem Riesenbett gekommen war. Er trug eine Art Joggingdreß.

»Naaa?!« sagte er, und es klang wie Dampfertuten.

»Ich habe eine Panne«, stieß Laura heraus. Sie kam sich vor wie der kleine Däumling im Märchen, oder wie Hänsel und Gretel zusammen. »Kann ich hier übernachten?« setzte sie noch schüchtern hinzu.

Der Riese glotzte sie eine Sekunde lang stumm an, dann schrie er: »Hahaha!!! Übernachten ist gut! Gut, was?« wandte er sich an die Hunde. »Die Nacht ist vorbei, meine Dame!«

»Schön«, sagte Laura schnell, »es war ja nur eine Frage.« Sie wollte enteilen. Bloß weg von diesem düsteren Ort, dieser Mädchenfalle, diesem bösen Mann, der vielleicht kleine Mädchen zum Frühstück aß.

Da streckte der Riese geruhsam seinen Arm aus und umfaßte ihren Arm mit sanftem Griff.

»War doch Spaß. Kommen Sie rein. Hier gibt es jede Menge Zimmer. Genaugenommen, sind sie alle leer«, sagte er und zog die widerstrebende Laura in die Tür. Nein, sie wollte überhaupt nicht dableiben. Andererseits mochte sie aber auch um keinen Preis zeigen, wie sehr sie sich fürchtete. Eine erwachsene Frau! Eine Großstädterin! Laura Kringel, Steuerberaterin. Nein, ich bin schon ganz aus der Bahn geworfen, dachte sie. Wie bin ich nur in diese ganze Geschichte hineingeschliddert? Das gibt's doch gar nicht! Ich bin nicht Amélie v. Pluttkorten. Und die Zeiten haben sich auch geändert.

Der Rothaarige machte eine großartige Bewegung. »Bitte sehr«, sagte er wie der Maître im Grandhotel. Laura betrat eine völlig verräucherte Gaststube, in der es sehr warm und sonderbarerweise ganz anheimelnd war. Auf allen Fensterbänken standen Töpfe und Schalen mit Pflanzen. Die drei Köter ließen sich friedlich in Lauras Nähe nieder. Es war ihnen anzusehen, daß sie auf Weisungen warteten, jedoch die fremde Beute keineswegs so ohne weiteres wieder hinauslassen würden.

»Sie sind doch ein Hotel?« fragte Laura vorsichtig.

Der Rote brach wieder in brüllendes Gelächter aus.

»Klar, sind wir«, sagte er, »seit aber die Straße verlegt worden ist und wir noch sone Seitenlinie sind, kommt keiner mehr. Wissen Sie was? Sie sind der erste Gast in dieser Woche. Das muß gefeiert werden. Ich mache uns erstmal ein prima Frühstück. Auf Kosten des Hauses. Dann können Sie sich tüchtig ausschlafen. Ich passe schon auf, daß Sie keiner stört. Sie sehen nämlich so'n bißchen blaß um die Nase aus, als hätten Sie's nötig.«

Er beugte sich zu ihr hinunter und guckte sie aus grellblauen, kreisrunden Augen an. »Sie haben doch wohl keine Angst vor den Hunden?« fragte er in Verkennung seiner eigenen Wirkung.

»Sie beißen sicher nicht?« fragte Laura ängstlich.

»Die beißen nur, wenn ich es ihnen sage. Abends werden hier Karten gespielt. Ich hab die Aschenbecher auch noch nicht leer gemacht, darum stinkt es hier so. Da sind die drei Musketiere – so heißen sie nämlich – lammfromm. Aber so um diese Zeit, da denken sie an Einbrecher oder Landstreicher. Aber Sie sind ja kein Landstreicher, das sieht wohl der dümmste Hund. Wo haben Sie Ihr Gepäck?«

»Ich äähhh . . . Also . . . im Wagen.«

Der rote Riese wies ihr einen Platz auf der Bank an und begann mit der Herstellung eines Frühstücks, das seinen Maßen angepaßt war. Er schlug einen Haufen Eier in eine Pfanne, säbelte längere Zeit Schnitten von einem Mammutbrot ab, klatschte Wurstscheiben und Käse aus dem Kühlschrank auf Teller und kochte Kaffee mit einem Gaststättenautomaten, der zischte und brodelte, als würde hier ein Wüstenbataillon mit Getränken versorgt. Dann wischte er mit einem verdächtig wirkenden Lappen das Wachstuch ab – weiß mit blauem Zwiebelmuster – und servierte schwungvoll die üppige Mahlzeit.

Er setzte sich, sah sie freundlich hellblau an. Laura entspannte sich. Es war gemütlich.

»Ziehen Sie den Pelz aus, es wird zu warm«, schlug er vor.

Laura beschloß, alles auf eine Karte zu setzen.

»Kann ich nicht. Ich bin nicht . . . äähhh . . . nicht ganz vorschriftsmäßig angezogen«, verriet sie.

»Sie sind wohl vor irgendwem weggelaufen. Brauchen mir nichts zu erzählen. Neugierig bin ich eigentlich gar nicht«, sagte der Riese und kellte sich Rühreier auf.

»Muß ja ein widerlicher Kerl gewesen sein!«

»Nein. Überhaupt nicht. Wir waren häßlich zu ihm. Ich meine . . .«

Und dann erzählte Laura dem Fremden die ganze Geschichte. Es sprudelte nur so aus ihr heraus. Die drei Musketiere waren eingedusselt und schienen im Schlaf allerhand Abenteuer zu bestehen. Winselten manchmal, knurrten, bellten, seufzten, als müßten sie Lauras Geschichte untermalen.

Der Riese hörte aufmerksam zu. Als sie geendet hatte, sagte er: »Wissen Sie was? Kein Grund zur Aufregung. Nachher rufen Sie die alte Dame an und sagen ihr, wo Sie sind. Aber zuerst müssen Sie sich richtig ausschlafen. Hier stört Sie keiner. Das Zimmer wird wohl nicht besonders in Schuß sein. Meine Frau ist nämlich zur Kur, und ich bin nun mal kein Hausmann. Wenn Sie ausgeschlafen haben, sieht die Welt wieder freundlich aus. Und soll ich Ihnen noch was sagen? Der Kerl, also dieser Herr da, der liebt Sie, das ist sonnenklar.«

»Meinen Sie wirklich?« murmelte sie.

Er warf sich stolz in die Brust.

»Wissen Sie, ich war früher Schützenkönig. Und das auch bei den Mädchen. Von der Liebe verstehe ich was. Wenn alles wieder in Ordnung ist bei Ihnen, schreiben Sie mir dann 'ne Ansichtskarte?«

Laura mußte lachen. »Klar, mach ich!«

Mit dem Vertrauen ist es eine sonderbare Sache. Laura vertraute dem fremden Mann. Blindlings. Und sie mußte es nie bereuen.

7

Das Gespräch zwischen Eberhardt und Mike auf Berk-
kenhof verlief anfangs keineswegs harmonisch.

»Weißt du eigentlich, ich meine, ist dir klar, wie mies du
dich benimmst?« fragte Mike drohend seinen Freund von
gestern. »Eine junge Frau zu verführen, die einem vertraut! In der Absicht, sie nachher einfach rüde auszuboo-
ten! Ja, schämst du dich denn gar nicht!?«

»Und das sagst du mir? Ausgerechnet du, der du mit
deinen zahllosen Abenteuern und Frauengeschichten
hier rumgeprotzt hast, Mike Kringel?!«

Danach redeten beide ungefähr drei Minuten lang aufeinander ein, hoben drohend die Stimmen, bis Mike sich
durchsetzen konnte und schrie: »Sie ist meine Schwester.
Sie ist Laura, Laura Kringel! Und ich dulde es nicht, daß
meine Schwester . . .«

Eberhardt winkte ab.

»Ich weiß längst, daß sie deine Schwester ist. Vom ersten
Augenblick an wußte ich, daß ihr euch einen Spaß mit
mir machen wolltet«, übertrieb er schamlos. »Und ich
dachte: Wie sie mir, so ich ihnen. Ich habe eben mitgespielt. Das hat sie nun davon.«

Daraufhin holte Mike tief Luft und brach in eine neue,
sehr lange Schimpfkanonade aus.

»Das sind ja Abgründe! Ich habe dich immer für einen
anständigen Kerl gehalten, Eberhardt Bercken. Und was
stellt sich heraus? Du bist ein skrupelloser Ladykiller. Ein
Mensch ohne Gewissen. Daß du meiner Schwester so
übel mitgespielt hast, macht es nur noch schlimmer. Da

liegt das arme Mädchen in seinem Bett und glaubt an dich. Keine Ahnung hat Laura, daß du sie nur zu deinem Vergnügen mißbrauchst. Oh, ich würde dich verprügeln, wenn du nicht so groß und kräftig wärst! Aber du hast dich ganz schön entpuppt. Die Bande unserer Freundschaft sind zerschnitten, merk dir das! Ich hole jetzt meine kleine Schwester und verlasse dich. Nie wieder will ich mit dir zu tun haben. Nimm dir einen anderen Tierarzt, verstehst du?!«

»Nun sei mal nicht so melodramatisch, Mike«, versuchte Eberhardt den aufgebrachten Freund zu besänftigen. Wenn es um andere Frauen ging, war der doch keineswegs so empfindsam. Aber es war nett, daß er für seine Schwester eintrat.

»Erzähl mir genau, wie ihr zu dieser Verschwörung gekommen seid«, verlangte Eberhardt und genoß es sehr, in der stärkeren Position zu sein.

»Ich bin dazu jetzt nicht fähig. Sieh mal, meine Hände zittern richtig.«

»Würde es dir helfen, wenn ich dir sage, daß ich Laura liebe.«

Mike sah ihn groß an.

»Damit solltest du keinen Scherz treiben! Das arme Mädchen . . .«

»Ich weiß, das arme Mädchen liegt in seinem Bett und glaubt an mich. Und hat keine Ahnung, daß ich sie zu meinem Vergnügen mißbraucht habe, sagtest du nicht so, Mike Kringel? Meine Güte, da kennen sich zwei Männer, wer weiß wie lange, sind Freunde, und dann benimmt sich der eine plötzlich wie ein Vollidiot. Entschuldige, Mike. Aber du müßtest mich doch besser kennen. Ich liebe Laura.«

»Du meinst, du liebst sie . . .?«

»Das sagte ich gerade. Ich liebe sie. Ich werde nicht ruhen, bis aus Laura Kringel Frau Laura Bercken geworden ist. Genügt das?«

»Mensch, Eberhardt!«

»Mensch, Mike! Was ist denn mit dir und Renate v. Sorppen los? Laura wird ja nicht von ungefähr deren Namen angenommen haben? ›Ren‹ — ein netter Name. Vielleicht ein Tip für dich?«

Mike winkte ab. »Vergiß es, Eberhardt. Die sieht aus wie eine Zuckerpuppe. Aber sie ist eine Emanze. Eine Person, die Männer zum ersten Frühstück verspeist. Die geht ran wie Blücher. Da siehst du als Mann gar nicht gut aus.«

Eberhardt v. Bercken verkniff sich mühsam ein Grinsen.

»Willst du damit sagen, daß deine Tour bei ihr nicht angekommen ist?«

»Schlimmer! Sie hat mich derartig verunsichert, daß ich wie ein geprügelter Hund vom Hof geschlichen bin. Verrate das bloß niemandem, alter Junge. Ein furchtbares Erlebnis!«

Eberhardt lächelte listig.

»Dann wirst du die Nase ja endgültig von diesem Fräulein voll haben.«

Mike verzog schmerzlich das hübsche Gesicht und sah aus wie ein Pirat, dessen Mannschaft meutert.

»Das Verrückte ist, daß ich . . . also, ich glaube . . . sie hat mir wirklich ein Ding verpaßt . . . ich kann sie nicht aus dem Sinn bringen . . . Ist mir noch nie passiert . . .«

»Du bist echt verliebt«, stellte Eberhardt fest.

Mike nickte ernst.

»Nun erzähl mir einmal genau, wie das mit dem Plan

und der Verschwörung genau zugegangen ist«, bat Eberhardt, »vielleicht können wir uns dann für Fräulein v. Sorppen auch noch etwas ausdenken, hm?«

»Du meinst: weiterspielen?«

»Warum nicht? Ich hätte nie gedacht, daß Spiele solchen Spaß machen können. Ich jedenfalls bin glücklich. Und nachher werde ich Laura reinen Wein einschenken. Sie glaubt ja noch, ich wüßte gar nicht, wer sie ist.«

So berichtete Mike Kringel möglichst genau von dem Treffen bei Pluttkortens, wie die bezaubernde alte Dame aus ihrer Jugend erzählt habe und wie sie sich entschlossen hatten zu prüfen, ob die alten Rezepte aus Omas Liebesküche auch heute noch galten.

Und Eberhardt gab zum besten, wie er ihnen auf die Schliche gekommen war.

»Meinst du, daß Laura mich mag, und daß sie mir verzeihen wird?«, fragte er schließlich besorgt.

»Bestimmt. Fragen wir sie doch einfach. Schlafen kann sie später noch genug«, schlug Mike vor.

So brachen die beiden Männer, gefolgt von Arco, zu ihrer kleinen Expedition nach oben auf. Vor Lauras Appartement sahen sie sich etwas unsicher an. Was nun? Schließlich konnten sie nicht einfach hineinstürmen.

Sie klopften leise, dann lauter, hämmerten an die Tür, begannen Lauras Namen zu rufen. Arco entschloß sich zu einem kräftigen Gebell, fast so schön, als ob er die schwarz-weiße Katze einzuschüchtern hätte.

Nichts rührte sich. So drückte Mike die Klinke herunter. Sie traten ein. Der Vogel Laura war ausgeflogen!

Eberhardt sank auf den nächsten Sessel und barg das Gesicht in den Händen.

»Sie hat Bescheid gewußt. Ich habe überdreht«, murmelte er dumpf.

»Unsinn, Eberhardt. Warte doch erst einmal ab. Sie wird natürlich bei mir sein. Wir können doch gleich anrufen.«

So machten sie es, doch niemand meldete sich. Laura aß wahrscheinlich gerade Rührei beim Riesen.

»Ich fahre nach Hause. Sie geht nur nicht an den Apparat. Ich sage dir gleich Bescheid«, versprach Mike.

Eberhardt trat mit ihm vor die Tür. Gerade kam Fritz Meerkamp über den Hof.

»Das gnädige Fräulein ist weg«, meldete er.

»Warum sagen Sie das denn jetzt erst?« fragte Eberhardt.

Meerkamp guckte nach oben, als wäre in den Wolken die Antwort aufgeschrieben. Dann sah er seinem Arbeitgeber, der für ihn stets auch noch ein bißchen der kleine Junge war, der geweint hatte, als sein Drachen wegflog oder das Fohlen damals bei der Geburt sterben mußte, fest in die Augen.

»Da mische ich mich nicht ein. Das ist Ihre Sache«, sagte er.

Später teilte Mike telefonisch mit, daß Laura nicht auffindbar war. »Bei mir ist sie nicht. Bei Frau v. Pluttkorten auch nicht. Ich habe angerufen.«

»Wir müssen die Polizei verständigen!«

»Mach dich nicht lächerlich, Eberhardt. Laura ist eine erwachsene Frau. Vielleicht ist sie nach Berlin gefahren?«

Eberhardt seufzte tief. »Da haben wir uns aber etwas eingebrockt!«

Eberhardt litt. Er stapfte ruhelos auf seinem Anwesen umher. Dann ging er in sein Herrenzimmer, setzte sich auf den Schreibtischstuhl und starrte mit brennenden Augen auf die Stelle, wo die Vase mit der Orchidee gestanden hatte. In Liebe hingestellt. Oh ja, er hatte sein Glück mit Füßen getreten. Um seiner Ehre willen hatte er Laura verletzt. Jetzt war es vielleicht zu spät? Nein, das durfte nicht sein.

Er rief bei Pluttkortens an. Amélie war am Apparat.

»Pluttkorten.«

»Entschudligen Sie bitte, gnädige Frau, hier ist Bercken. Mein Freund Dr. Kringel hatte sich ja auch schon bei Ihnen nach seiner Schwester erkundigt. Sie sind ja eingeweiht in alles. Wo könnte sie denn sein? Ich mache mir furchtbare Sorgen.«

»Lieber Herr Bercken, ich weiß zwar nicht genau, wo sie ist, aber sie hat vorhin bei mir angerufen«, sagte Amélie.

Eberhardt zog die Luft heftig ein. Seine Augen wurden feucht. Noch nie hatte eine weibliche Stimme am Telefon ihm so wundervoll, sanft und lieblich geklungen. Wie die einer guten Fee. Und das war Frau v. Pluttkorten ja eigentlich auch. Eine etwas raffinierte Fee freilich.

»Ich möchte, daß Sie mir nun etwas versprechen, dann werde ich versuchen, zu vermitteln«, sagte die Fee. »Laura wird zu mir kommen. Sie wird ein paar Tage hierbleiben. Sie braucht etwas Abstand und Zeit zur Besinnung. Bitte, warten Sie ab, bis wir uns bei Ihnen melden. Glauben Sie mir, so ist es am besten.«

»Ich muß Laura Kringel etwas sagen . . .«

»Natürlich. Später. Etwas Geduld, lieber Herr Bercken. Glauben Sie einer alten Frau: große Dinge müssen sich in Ruhe entwickeln. Werden Sie meinem Vorschlag folgen?«

Eberhardt mußte sich räuspern. »Gut. Ich warte«, sagte er leise.

Als Mike erfuhr, daß seine Schwester zu Pluttkortens kommen würde, war er sofort wieder obenauf. Es lag nun einmal nicht in seiner Natur, sich mehr Sorgen als unbedingt nötig zu machen. Im Gegenteil: Seine Laune schäumte auf wie Waschpulver.

»Kann ich wohl Ihre Enkelin sprechen, gnädige Frau?« fragte er Amélie. Renate kam ans Telefon.

»Sind Sie mir böse?« fragte Mike.

»Nein. Sind Sie mir böse?«

»Ja. Aber ich möchte trotzdem einen neuen Anfang wagen. Renate, wollen Sie mich besuchen? Ich verspreche, daß ich mich tadellos benehmen werde. So tadellos, wie Sie wünschen!«

»Gut, Mike, ich komme . . .«, flötete Renate. Sie hatte schon befürchtet, zu weit gegangen zu sein. Aber nun sah es doch wohl recht günstig aus.

Renate zog ihr hübschestes Kostüm an, das aus Tweed mit Pelzbesatz. Dazu den neuen, roten Angorapullover. So konnte sie der Zukunft eigentlich beruhigt ins Auge sehen.

Mike war inzwischen auch nicht faul gewesen. Als Renate klingelte, öffnete er ihr die Tür in seinem hellgrauen Morgenmantel. Reine Seide. Mit Monogramm. Er hatte Lederschlappen an den Füßen. Seine Haare waren drollig verwuschelt, als käme er gerade aus dem Bett.

»Renate! Duzen wir uns eigentlich? Ich möchte mich ganz nach Ihnen oder dir? richten«, sülzte er. Sein Freund Eberhardt, den er in dieser Hinsicht eher für einen Tollpatsch gehalten hatte, war ein Meister im Ausdenken neuer Spielregeln gewesen. Dann würde Michael Kringel, genannt Mike, ja wohl auch dazu imstande sein. Renate stutzte.

»Wie sehen Sie denn aus?« fragte sie.

»Gefalle ich Ihnen etwa nicht? Bitte, kommen Sie doch herein.«

Renate trat ein. Mike grinste unverschämt. Die Tür zum Schlafzimmer stand offen. Er geleitete sie jedoch ins Wohnzimmer und wies ihr einen Platz auf dem weißen Ledersofa an.

Darauf knipste er die Tiffany-Lampe an, sah Renate tief in die Augen, ließ die Rollos nacheinander herunterschnurren, ergriff einen Parfümzerstäuber und schritt damit feierlich einmal um den Couchtisch herum, wobei er üppige Duftwolken in den Raum schickte.

Renate betrachtete ihn fassungslos. Jetzt ging er auch noch an den Plattenspieler und brachte Ravels »Bolero« in Schwung.

»Ich weiß, liebe Renate, daß ich mich neulich ganz falsch verhalten habe«, sagte er volltönend wie Elmar Gunsch bei den Wetternachrichten. »Heute will ich alles richtig machen. Moderne Frauen sind aktiv und dynamisch. Mir fehlt einfach die Erfahrung. Deshalb habe ich mich genau nach dem gerichtet, was Sie neulich gemacht haben, und ich bitte Sie nun herzlich, nach dem Motto »Selbst ist der Mann« zu handeln. Mit einem Wort: Renate, verführen Sie mich!«

»Sind Sie verrückt?« stotterte Renate.

»Wieso denn? Habe ich irgend etwas vergessen? Oh, ich kann's mir schon denken . . .« Und Mike setzte sich malerisch zu ihr auf das Sofa, lehnte sich zurück und schloß die Augen.

»Bitte, Geliebte«, murmelte er. »Ich warte. Bediene dich.«

Er hörte, wie gleich darauf die Tür zuschlug. Draußen wurde ein Wagen angelassen und mit aufheulendem Motor und quietschenden Reifen suchte Fräulein Renate v. Sorppen das Weite.

Mike sprang auf, zog sich wieder an, pfiff den »Bolero«

gellend mit und war außerordentlich vergnügt. So, nun hatte er ihr gezeigt, wie die Rollen von Natur aus verteilt waren. Sie hat mich hereingelegt. Ich habe sie hereingelegt. Wir sind quitt . . . »Wir sind quitt, bam bam bam. Quitt! Bam bam bam . . .«, sang Mike und legte einen schmissigen Tango auf den Teppich hin.

Nach einiger Zeit stellte er allerdings fest, daß er sich gar nicht so prächtig fühlte, wie er eben noch geglaubt hatte. Schön, er hatte seine Revanche. Aber sie war weg. Sie war gekommen, um sich von ihm in die Arme nehmen zu lassen. Und er hatte sie vergrault. Sie wird sauer sein, bam bam bam . . ., sagte Mike sich. Nun, man muß im Leben etwas riskieren. Und in der Liebe erst recht.

Auch Eberhardt sang in den nächsten Tagen manchmal. Mit Vorliebe sein Lieblingslied. »Fremde in der Nacht, die sind so einsam.« Und das »ein. . .saaam« zog er so recht gefühlvoll in die Länge. Er war nicht direkt unglücklich und auch nicht glücklich. Er war aufgewühlt. Erwartungsvoll. Etwas würde geschehen.

Sie wird kommen. Ja, sie wird kommen und bei mir bleiben. Ich ertrage keine Einsamkeit mehr. Ich kann nicht noch ein trübseliges Weihnachtsfest aushalten. Ich brauche dich, Laura, ich brauche dich, versuchte er seine Gedanken an sie zu schicken. Wenn es Gedankenübertragung gab, dann mußte sie etwas spüren von seiner Sehnsucht.

Er hätte noch einmal auf Pluttkorten anrufen können, doch dazu war er zu stolz. Nein, ein Mann konnte vieles, doch seinen Stolz mußte er behalten. Jetzt war Laura dran.

Wenn sie jedoch kam, sollte alles auf sie warten. Er wollte vorbereitet sei. Berckenhof sollte vorbereitet sein.

»Frau Paulsen, ich will, daß hier alles voller Blumen ist. Lassen Sie alle Vasen füllen. Auf den Schreibtisch kommt eine Orchidee. Ich wünsche, daß tadellos Staub gewischt wird. Rechnen Sie bitte damit, daß Sie unter Umständen jeden Tag ein festliches Essen zubereiten können. Rehrücken mit Preiselbeeren vielleicht. Stellen Sie auch Blumen in Fräulein . . . äähhh, in das Zimmer vom gnädigen Fräulein . . .«

Frau Paulsen plierte ihn argwöhnisch an.

»Das ist ja luxös! Wie ne Fiale vom Buckingham Palast«, rief sie aus.

Eberhardt mußte lächeln. »Das ist nicht luxuriös, sondern nur nett und ordentlich. Und eine Filiale vom Buckingham Palace möchte ich hier gar nicht haben«, erklärte er milde.

Frau Paulsen hatte das letzte Wort. Wie immer.

»Dazu müßten Sie ja auch wohl ne Königin haben!«

So, das hatte gesessen. Rehrücken und Preiselbeeren. Als ob es Biffsteck und Schampeljongs nicht auch taten!

Einige Tage vergingen. Mike versuchte, seinen Flirt mit der kleinen Rothaarigen aus der Sparkasse auszubauen. Doch etwas Merkwürdiges passierte: Es machte ihm plötzlich keinen Spaß mehr.

Er stürzte sich in die Arbeit, kümmerte sich aber auch um das Appartement auf Gran Canaria. Ein Tapetenwechsel war fällig. Was ich brauche, sind ein paar niedliche neue Gesichter und was da sonst noch Niedliches drum und dran ist an hübschen Frauen, dachte Mike. Zum Affen mache ich mich jedenfalls nicht. Obwohl sie eben besonders reizvoll ist, mit diesen Wuschellocken, diesem lebhaften Gesichtchen. Und die Figur — oh, là là! Spitzenklasse! Ist eine tolle Frau, diese Renate v. Sorppen. Leider nicht für mich. Sonst hätte sie sich schon gemeldet.

Mit einem Wort: Renate ging ihm nicht aus dem Kopf. Das war für Dr. Kringel eine neue Erfahrung.

Es kam ein trister Tag. Mit sanftem Dauerregen war noch einmal eine Warmfront aufgezogen. Sträucher setzten irrtümlich Knospen an. Vögel stimmten voreilig Frühlingsarien an. Plumpe, schwarze Krähen, die zum Überwintern aus Rußland eingereist waren, fühlten sich wie in der Sommerfrische und krächzten mißtönend, aber voller Behagen, schienen sich etwas zuzurufen — auf Russisch natürlich — und verjagten die Meisen aus Mikes Vogelhäuschen im Vorgarten.

Frau Lange, die Gattin des Kinobesitzers, segelte wie eine stolze Fregatte den Gartenweg entlang und klingelte. Unter dem Arm trug sie ihren molligen, boshaften Zwergschnauzer. Mike seufzte, als seine Sprechstundenhilfe sie meldete.

Die entschiedene Vorliebe, die Frauchen diesem Dr. Kringel entgegenbrachte, teilte Daisy überhaupt nicht. Ja, man konnte sagen, daß dieses allerliebste Hündchen eifersüchtig war und sich größte Mühe gab, ihn zu beißen. Wenn Mike noch bedachte, daß Daisy immer nur ein Vorwand war für den Praxisbesuch seiner Dame, und daß jene Dr. Kringel zwar nicht beißen wollte, aber stets aussah, als wollte sie ihn verschlingen, verlor er jegliches Interesse an diesem Patienten.

»Müllerin, sagen Sie einfach, ich hätte zu einer Geburt weggemußt«, flehte er.

»Ich lüge nicht gern, Herr Doktor.«

»Auch nicht für mich?«

»Nur in besonders schweren Fällen.«

»Nach welchen Gesichtspunkten entscheiden Sie das, Müllerin?«

»Ganz einfach: Dies ist einer!«

Mike hörte Daisy im Wartezimmer kläffen. Dann läutete das Telefon. So ging es einem, wenn man Zwecklügen benutzte. Jetzt würde er bestimmt wirklich über Land müssen.

»Kringel.«

»Amélie Pluttkorten. Lieber Herr Kringel. Eigentlich bin ich natürlich nicht befugt. Aber nach reiflicher Überlegung möchte ich Ihnen doch eine Mitteilung machen . . .«

Amélie war der Sache, die anfangs soviel Spaß gemacht hatte, nun wirklich etwas überdrüssig geworden. Da hingen plötzlich auf Pluttkorten zwei trübsinnige junge Damen herum.

163

Renate saß verbissen über ihren juristischen Lehrbüchern und erklärte mehrmals täglich, sie ginge nach München zurück, um ihr Leben dort wieder aufzunehmen, wo sie es unterbrochen hatte. Sie ging jedoch nicht. Sie drohte nur.

Laura hatte sich regelrecht auf Pluttkorten verschanzt. Sie sah blaß und niedergeschlagen aus und schien alle Energie und jeglichen Schwung verloren zu haben. Einmal allerdings hatte sie schon ihren Mantel angezogen, um nach Berckenhof zu fahren.

»Ich kann nicht nur in Renates Sachen gehen. Sie sind mir auch viel zu kurz«, sagte sie.

Amélie Pluttkorten hielt sie zurück.

»Nichts überstürzen«, warnte sie. »Es läuft alles sehr gut. Bei erstklassigen Verschwörungen muß man auch ein wenig Geduld haben, liebes Kind. Soviel ist sicher: Ein Eberhardt v. Bercken will eine ebenbürtige Frau. Wir wissen jetzt von Ihrem Bruder, daß Herr Bercken Sie die ganze Zeit an der Nase herumgeführt hat, als Sie noch dachten, die Runde sei an Sie gegangen. Diese Runde aber müssen Sie jetzt gewinnen. Sonst hat das ganze Spiel keinen Sinn gehabt. Wollen Sie mir nicht vertrauen?«

Und Laura ergriff die Hand der alten Dame und zog sie ehrerbietig an die Lippen.

Zu Renate aber sagte Amélie: »Was in deinem Krauskopf vorging, wußte ich schon nicht, als du noch ein kleines Mädchen warst. Auf jeden Fall hat es mit diesem Tierarzt-Casanova zu tun, der zugegebenermaßen wirklich sehr charmant ist. Das sieht auch eine alte Frau wie ich. Möchtest du mich vielleicht einweihen?«

»Großmutter, es ist mir peinlich«, erklärte Renate. »Ich werde zurück nach München gehen – und fertig.«

Da setzte sich Amélie v. Pluttkorten sehr gerade in ihrem Sessel auf, nahm die Schultern noch entschiedener zurück und sagte: »Also, bitte! Dann tu es aber auch. Hast du schon einen Flug gebucht?«

Renate blickte ihre Großmutter aus schimmernden Augen an.

»Du wirfst mich raus?!«

»So würde ich es nicht nennen. Ich sorge nur dafür, daß du einen Entschluß faßt.«

Renate wischte sich energisch zwei Tränen aus den Augenwinkeln.

»Aber ich bin verliebt in den Windhund!«

»Und bei ihm zu Kreuze kriechen möchtest du nicht?«

»Ph! Das fehlte noch! Ich bin kein loser Schmetterling, und schon gar kein Prachtexemplar für seine Schmetterlingssammlung. Und darauf würde es hinauslaufen, wenn ich mich mit ihm einließe.«

Amélie Pluttkorten sah ihre widerspenstige Enkelin fest und ernst an.

»Dann solltest du in der Tat deinen Koffer packen. Ich nehme an, daß Herr Düsing dich zum Flughafen fahren wird, wenn du ihn drum bittest.«

»Laß doch den Verwalter. Ich leiste mir ein Taxi.«

Großmutter zog die Brauen hoch. »Du hast es ja.«

»Ich spar's wieder ein.«

»Und wie, mein Kind?«

»Indem ich mir die teuren Stiefel nicht leiste, die ich mir eigentlich kaufen wollte.«

Großmutter Pluttkorten staunte: »Eine verblüffende Sparmethode! Und jetzt kümmere dich um deinen Flug. Ist besser so.« Als Laura hörte, daß Renate wegfahren wollte, war sie sehr niedergeschlagen. »Ich werde Sie auch verlassen, Frau v. Pluttkorten«, sagte sie. »Herr v.

165

Pluttkorten, Sie waren wirklich äußerst freundlich zu mir. Auch ich werde meine Zelte hier abbrechen. Natürlich werde ich noch zu meinem Bruder fahren. Aber daß ich in Engenstedt meine Steuerberatungspraxis aufmachen werde, glaube ich nicht mehr. Nach allem, was vorgefallen ist. Zuerst will ich aber Renate mit meinem Wagen zum Flughafen bringen.«

Amélie sprang aus ihrem Sessel auf. »Um Himmels willen, liebe Laura, das werden Sie ganz gewiß nicht tun. Sagen Sie meinetwegen, Ihr Auto sei kaputt.« Sie blickte ihren Mann an, der amüsiert lächelte. »Na ja, Wilhelm, auf eine kleine Notlüge mehr oder weniger kommt es jetzt doch auch nicht mehr an.«

Laura richtete ihren Blick erwartungsvoll auf die gewitzte alte Dame.

»Sie meinen . . . Sie meinen, wegen Mike und Renate . . . da könnte man noch etwas machen, bei diesen beiden Dickköpfen?«

»Dickköpfe sind eine Sache, verliebte Herzen eine andere. Also, abgemacht?«

Laura strahlte auf.

»Natürlich!«

So bedauerte Laura heuchlerisch, daß sie ihre Freundin leider, leider nicht fahren könne. Die Großeltern und Laura stellten sich zum Winken neben dem Taxi auf. Da kam auch eilig der Verwalter aus dem Wirtschaftstrakt. Und der Azubi, der gerade die Gänseschar versorgt hatte, stürzte herbei und vergaß das Gatter zu schließen. Während das Taxi anfuhr und auf das breite Sandsteintor zuglitt, brach der Ganter mit seinen Gänsedamen unter entsetzlichem Geschnatter und Gekreische aus. Flügelschlagend rauschte die wilde Jagd ein Stück hinter der Taxe her. Es war eine malerische und sehr lautstarke

166

Vertreibung aus dem Paradies, die Fräulein v. Sorppen hier zuteil wurde.

Laura sah ihrer Freundin traurig nach. Alles hatte so übermütig und hoffnungsvoll begonnen. Jetzt waren die schönen Pläne gescheitert. Was konnte Frau v. Pluttkorten noch ausrichten?

Ganz anders verhielten sich Amélie und Wilhelm v. Pluttkorten. Sie ließen die Szene auf sich wirken, blickten sich kurz in die Augen — und lachten Tränen.

Dann stieß Amélie ihren Wilhelm ganz leicht mit dem Ellenbogen an. Sie hatten gemeinsam ein glückliches Leben verbracht und brauchten nur winzige Zeichen zu ihrer Verständigung.

Beide gingen nebeneinander ins Haus. Er immer noch sehr gerade und wuchtig, sie mit der Anmut eines jungen Mädchens.

Amélie stürzte förmlich zum Telefon, wählte und sagte: »Amélie Pluttkorten. Lieber Herr Kringel. Eigentlich bin ich natürlich nicht befugt. Aber nach reiflicher Überlegung möchte ich ihnen doch eine Mitteilung machen . . .«

Er atmete scharf ein. »Oh, ich höre . . .«

»Meine Nichte ist soeben zum Flughafen aufgebrochen. Sie wirkte sehr niedergeschlagen, muß irgend etwas sehr Unerfreuliches erlebt haben. Sie geht zurück nach München. Da Sie sich aber so gut mit ihr verstanden haben — jedenfalls gewann ich diesen Eindruck —, dachte ich, daß Sie vielleicht . . . ich meine, ein junger Mann weiß da möglicherweise besser zu raten, gar zu trösten . . . Wenn Sie also . . . Hannover-Langenhagen, Sie wissen ja . . .«

Amélie hörte nur noch: »Verzeihung«, und — klack! — hatte Herr Dr. Michael alias Mike Kringel das Gespräch beendet.

»Müllerin, ein dringender Fall!« rief er und jagte zu seinem Auto. Beim fünften Versuch sprang es an. Mike stand der Schweiß auf der Stirn. Unterwegs kam er nacheinander an eine geschlossene Bahnschranke, in einen Konvoi der Bundeswehr und in das Gefolge zweier großer Lastwagen, von denen einer den anderen bei stark ansteigender Straße etwa mit Tempo zehn überholte und so die Straße blockierte, bis sich ein netter, kilometerlanger Stau gebildet hatte.

Als Mike sich endlich wieder freigekämpft hatte, drückte er ordentlich auf die Tube. Seine launische Kutsche puffte und stotterte, daß es nur so eine Art hatte. Jeden Augenblick rechnete Mike mit einer Panne. Doch es kam anders, und zwar in Gestalt eines Polizisten auf einem Motorrad, der ihn wegen überhöhter Geschwindigkeit aufschrieb und zur Kasse bat.

Als er wie durch ein Wunder den Flughafen erreicht hatte und zum Schalter gejoggt war, erfuhr er, daß alle Passagiere nach München sich schon im Warteraum befänden.

Vollkommen aufgelöst stürzte er zum Informationsschalter, und dann ertönte wenig später mit diesem sonderbar hohen Klang, als spräche eine gepflegte Roboterlady vom Himmel, der Satz: »Frau Renate v. Sorppen, Sie werden zur Information gebeten!«

Da stand nun Mike Kringel und war sehr mitgenommen von der Fahrt. Er war gar kein kühler Ladykiller mehr, sondern eher der Prinz im Märchen, der für seine Prinzessin allerhand Abenteuer bestanden hatte.

Angestrengt blickte er in die Richtung, aus der sie kommen mußte. Plötzlich sprach hinter ihm ein klägliches Stimmchen: »Mike . . .«

Er drehte sich um. Renate stand da mit Sack und Pack.

»Warum hast du dein Gepäck nicht aufgegeben?« fragte er. Das war nun sicher nicht der Spruch, mit dem ein verliebter Mann die Frau seiner Träume begrüßt.

»Ich konnte mich einfach nicht entschließen . . .«, murmelte sie kleinlaut.

»Die Passagiere nach München werden zur Abfertigung gebeten«, schnurrte die Roboterlady vom Flughafen-Olymp. Aber da lagen Renate und Mike einander schon in den Armen.

»Du wirst die Maschine verpassen«, flüsterte Mike nach einem langen Kuß.

»Nehm ich eben eine andere«, gab sie atemlos zurück.

Sie strahlten sich an.

»Ich weiß auch schon, wohin«, sagte Mike. »Wir buchen beide den Bungalow auf Gran Canaria. Ab sofort beziehe ich Ferienwohnungen nur noch in Begleitung einer bildhübschen und süßen jungen Frau. Und zwar immer mit derselben. Mit meiner eigenen Frau natürlich. Das heißt, wenn sie will. Willst du?«

»Und was werden all die anderen Frauen dazu sagen?« Mike warf sich so richtig voll angeberisch in die Brust.

»Sie werden damit fertig werden müssen. Sie hatten ihre Chance und haben sie nicht genutzt.«

»Ich nutze sie!« rief Renate. »Ich nutze sie, Mike Kringel, und ich fühle mich wundervoll dabei.«

Sie mußten sich unbedingt noch einmal küssen. Es ging nicht anders. Dauerte auch sehr lange, bis ein schriller Pfiff sie auseinanderfahren ließ. Drei Knirpse hatten sich neben ihnen aufgebaut und feixten sie an. Der Kleinste sagte: »Muß Liebe schön sein!«

Mike lachte und sagte: »Stimmt. Das hab ich bisher noch gar nicht gewußt . . . Komm, Renate, mein Schatz. Wir haben viel zu tun. Erst Hochzeit, dann Gran Canaria.

Diesmal muß alles seine Ordnung haben.« Arm in Arm gingen sie zu Mikes Wagen. Mike trug den Koffer. Schließlich war seine künftige Frau keine Emanze!

»Was meinst du, könnten Laura und Eberhardt nicht unsere Trauzeugen sein?« fragte Renate.

Mike wiegte bedenklich den Kopf. »Glaub ich nicht. Die beiden sind ja wie Hund und Katze«, sagte er. Er drehte den Startschlüssel und trat auf den Gashebel. Diesmal sprang der Wagen sofort an. »Er mag dich!« stellte der glücklichste aller Männer fest. Renate und er hatten ein riskantes Spiel gespielt. Er war der Sieger.

»Ich mag ihn auch«, scherzte Renate, die glücklichste aller Frauen. Sie hatten ein gewagtes Spiel gespielt. Die Siegerin hieß Renate Sorppen.

Eberhardt v. Bercken dagegen fühlte sich gar nicht als Sieger. Ich habe meinen Ehrenstandpunkt verteidigt, dachte er. Schön, meine Ehre habe ich behalten, aber Laura habe ich verloren. Mike macht keinen Finger krumm, um mir zu helfen. Frau v. Pluttkorten hält mich nur hin. Laura selber wird offenbar überhaupt nicht gefragt. Natürlich, eigentlich gibt uns niemand eine Chance.

»Jetzt reicht's aber!« rief Eberhardt laut und schlug mit der flachen Hand so heftig auf den Schreibtisch, daß Arco wie ein geölter Blitz von seinem Lieblingsplatz darunter hervorschoß.

»Es reicht! Ich fahre hin!« schmetterte sein Herrchen drohend. »Jawohl. Ich lasse mich doch nicht zum Kasper machen! Die alte Dame Pluttkorten spielt ja Katz und Maus mit mir. Die will sich bloß rächen, weil ich nicht zu ihrer albernen Abendgesellschaft gekommen bin. So eine rachsüchtige Person!«

Eberhardt ging augenblicklich die Treppe hoch in sein Schlafzimmer. Lauras Räume hatten im anderen Flügel gelegen. Es zog ihn fast magisch dorthin. Vielleicht hing noch ein wenig von ihrem Duft in der Luft. Ja, ein wenig Duft – das war alles, was geblieben war in seinem Leben.

Eberhardt zog sich sorgfältig an: grauer Anzug, Krawatte, schwarze Schuhe, passende Socken. Als er in den Spiegel schaute, schüttelte er den Kopf. Kam doch nicht in Frage, daß er extra feingemacht als eigener Brautwerber auftrat. Er wollte so aussehen, wie Laura ihn kannte. Basta. Er zog die »Stadtsachen« wieder aus und warf sie achtlos aufs Bett. Dann verwandelte er sich in die Figur zurück, die ihm auch selber am vertrautesten war. In den Gutsherrn v. Bercken.

Nachdem er sich einmal entschlossen hatte, gab es kein Halten mehr. Er nahm den Achtzylinder-Wagen und brauste los. Doch inzwischen hatte sich etwas Seltsames begeben. Fast im selben Augenblick, in dem Eberhardt seinen Entschluß gefaßt hatte, war auch in Laura eine Entscheidung herangereift. Eberhardt Bercken hätte sich längst melden müssen! Schließlich war er ein Kerl, kein Jüngling und kein Weichling. Wenn er sich einfach so abspeisen ließ, dann konnte es mit seinem Interesse für sie nicht weit her sei.

Wahrscheinlich war er nicht von ungefähr so lange allein geblieben. Hier und da ein Abenteuer, und sonst wollte er seine Ruhe haben.

Laura klopfte an Frau Pluttkortens Salon. Amélie las in ihrem Lieblingsbuch: »Der Taugenichts« von Eichendorff. Mit schönen Illustrationen.

»Ich fahre nach Berlin zurück«, sagte Laura traurig. »Ich werde mich dort selbständig machen. In einer Großstadt kann man sich leicht aus dem Wege gehen. Aber hier würde ich Herrn von Bercken doch immer wieder treffen.«

»Oh, das würde ich an Ihrer Stelle aber nicht tun«, sagte Amélie.

Laura schürzte ein wenig trotzig die Lippen.

»Es ist das beste. Meine Sachen werde ich mir von Berckenhof nach Berlin schicken lassen. Frau Paulsen macht das sicher gern. Wir haben uns recht gut verstanden . . .« Jetzt schwankte ihre Stimme doch ein bißchen. Sie dankte Amélie und Wilhelm v. Pluttkorten herzlich. Als sie vom Hof fuhr, schwiegen die Gänse. Es war ein leiser Abgang.

Eigentlich hätte sie Eberhardt in seinem Auto treffen müssen, wenn sie die normale Straße genommen hätte. Sie machte jedoch noch einen kleinen Umweg.

Eberhardt donnerte mit Schwung aufs Pluttkortensche Anwesen. Ein hübsches Mädchen fragte wohlerzogen an der Tür, wen sie melden dürfe.

»Bercken! Ich möchte die gnädige Frau sprechen! Und zwar sofort!« schrie Eberhardt ungeachtet seiner wirklich sehr guten Erziehung.

»Darf ich Sie bitten, Platz zu nehmen? Die gnädige Frau . . .«, begann die Kleine.

»Ich will nicht Platz nehmen«, brüllte Eberhardt in Rage.

»Oh, Herr v. Bercken, ich habe bereits versucht, bei Ihnen anzurufen«, sagte da Amélie v. Pluttkorten. Sie sah dem aufgebrachten Herrn vom Berckenhof ernst in die Augen. Er hatte allen Grund, wütend zu sein. Ihr waren die Fäden der Intrige entglitten. Ja, Amélie war ratlos. »Sie ist weg. Nach Berlin zurück. Geben Sie jetzt nur nicht auf«, sagte sie.

»Wann ist sie weggefahren?«

»Noch nicht lange her.«

»Nach Berlin, sagten Sie? Nicht erst zu Mike Kringel?«

»Er war gar nicht zu Hause. Nein, direkt nach Berlin. Das heißt . . .«

»Ja?!«

»Das heißt, jetzt fällt mir's ein, sie sagte noch etwas, einen Namen . . . sie wollte sich verabschieden . . . von . . .«

»Von Dannyboy!« sagte da Wilhelm, der leise in die Tür getreten war.

Eberhardt zögerte nicht eine Sekunde. »Dannyboy!« rief er, »Dannyboy!« Er lachte laut auf. Ahnungslose Betrachter mußten den Eindruck gewinnen, daß dieser Herr ziemlich, sogar ganz erheblich geistig verwirrt war. Er machte auf dem Stiefelabsatz kehrt und rannte zu seinem Wagen.

Dannyboy! Er wußte, wohin er zu fahren hatte. Das letzte Stück lief er zu Fuß. Und dann sah er Laura.

Sie stand auf der Pferdekoppel und hatte die Arme um den Hals eines eleganten Rappen geschlungen. Tränen tropften auf sein Fell. Er stampfte ungeduldig und schien eher etwas ratlos zu sein.

Nein, es war nicht Dannyboy, den sie hier festhielt, als wollte sie ihn nie wieder loslassen. Es war Luxor. Ihr Luxor! Oh, sie mußte wieder träumen! Ja, natürlich, denn nun stand auch noch Eberhardt Bercken neben ihr und sah sie zärtlich und wild zugleich an.

»Ich habe das schon einmal geträumt. Das von Luxor und von dir«, sagte sie mit Piepsstimmchen.

»Aber diesmal träumst du nicht, mein Liebling«, sagte Eberhardt. »Du weißt doch: Träume, die das Schicksal sendet, werden immer wahr.«

Laura schien zu erwachen. Sie blickte Eberhardt an. Ihre Augen schimmerten tief veilchenblau.

»Wie kommt Luxor hierher?«

»Ich habe ihn aus Berlin kommen lassen. Du hattest mir ja verraten, wo in Lübars er stand. Und mein Gestüt hat einen vertrauenerweckenden Namen. ›Dein‹ Bauer hatte keine Bedenken, als ich ihn bat, Luxor auf die Reise zu schicken. In deinem Namen natürlich, Laura. Es sollte eine Überraschung für dich werden.«

»Ja, das ist eine Überraschung. Ich bin so glücklich!«

»Nur Luxors wegen, Laura?«

»Weil mein Traum wahr wird, Eberhardt. Der Schicksalstraum.«

Er trat dicht zu ihr und gab Luxor einen kleinen Klaps. Der gesellte sich erleichtert zu den anderen Pferden.

Eberhardt zog sie an sich und beugte sich zu ihr hinunter. »Ich brauche gar nicht zu träumen, Liebste«, sagte er sanft. »Du bist mein Schicksal. Alles, was ich will, bist du.«

Er küßte sie. Ihre Augenlider und ihre Wangen waren salzig von Tränen. Dann drückte er seinen Mund auf ihre süßen Lippen, und diesmal gaben sie weich nach. So standen sie lange, ineinander versunken. Bis Eberhardt stutzte. Jemand zupfte an seiner Jacke. Er löste sich von seiner geliebten Laura, und dann lachten sie beide.

Dannyboy suchte in der Tasche seines Herrn nach Zukker. Auch die anderen Tiere drängten hinzu. Luxor warf den Kopf nickend vor und zurück wie ein feuriges Zirkuspferd.

»Ihr beiden schwarzen Teufel«, scherzte Eberhardt. »Könnt ihr uns denn nicht in Ruhe küssen lassen?« Doch er sorgte dafür, daß alle fündig wurden, und Laura half ihm dabei.

Arm in Arm gingen sie zum Herrenhaus. Das letzte Wölkchen verschwand gerade am Horizont. Breit brach die Sonne in langen Streifen durch die Kiefern und Tannen im Park. Ein Eichhörnchen turnte an einer Buche. Dohlen raschelten im Laub und pickten aufgeregt nach Würmern, wenn sie sich beobachtet fühlten.

»Es ist wunderschön«, sagte Laura leise.

»Das alles schenke ich dir, mein Liebling. Auch den Wald, soweit du blickst. Die Tiere. Das Haus. Und mich natürlich.«

Er trug sie die Stufen empor und über die Schwelle in die große Diele. Dort hatte sich Frau Paulsen aufgebaut.

»Na so was«, rief sie. »Da bin ich aber konserviert!«

»Konsterniert, meinen Sie«, berichtigte Eberhardt gütig.

»Quatsch«, stellte Frau Paulsen klar. »Ich bin einfach platt. Aber das sage ich Ihnen: Zur Hochzeit brauch ich unbedingt ne Kochfrau extra!« Und sie rauschte hinaus. Die Herrschaften verstanden es einfach nicht, wenn man ein bißchen verbindlich mit ihnen redete.

Arco begrüßte inzwischen seine Lieblingsdame, als sei sie von einer Nordpol-Expedition zurückgekehrt. Und so ganz unrecht hatte er ja wohl auch nicht. Leider nahmen die beiden nur beleidigend flüchtig Notiz von ihm und seiner springend und winselnd vorgetragenen Freude. So streckte er sich erst einmal gemütlich lang aus. Irgendwann würden sie einen so netten, lustigen Hund schon wieder dringend brauchen. Er kannte seine Menschen.

»Wir sollten Frau v. Pluttkorten anrufen«, schlug Laura nach einiger Zeit vor, in der sie höchstens einen Meter weitergekommen waren. »Sie ist doch sehr an unserem Glück beteiligt.«

Er führte sie ins Herrenzimmer. Gerührt sah sie, daß überall Blumen in verschwenderischer Pracht die Vasen schmückten. Auf dem Schreibtisch stand eine weiße

Orchidee mit einem ganz zarten lavendelfarbenen Filigran in den einzelnen Blüten.

»Unsere Glücksblume«, lächelte er.

Frau v. Pluttkorten kam gleich an den Apparat. Sie hatte bereits sehr auf einen Anruf gehofft. Renate und Dr. Kringel waren ein Paar. Jetzt meldete sich das zweite Paar. »Sie werden doch mit Ihrem Gatten zur Hochzeit kommen, nicht wahr?« bat Eberhardt. Laura ergänzte: »Sie haben soviel Kummer mit mir gehabt. Wie soll ich Ihnen danken?«

»Gar nicht, liebes Kind«, sagte Amélie v. Pluttkorten. »Was habe ich schon getan? Ich habe in meinem Leben eins erkannt und mich danach gerichtet: Die Moden ändern sich. Aber die Gefühle der Menschen sind heute noch dieselben wie damals, als mich mein geliebter Wilhelm zur Frau nahm.«